杨金安

用专注和坚守，创造不可能

只有千锤百炼，才能炼出好钢

"大国工匠人物传"丛书

杨金安

百炼成钢的『熔炉诗人』

薛伟堂◎著

中国工人出版社

图书在版编目（CIP）数据

杨金安：百炼成钢的“熔炉诗人”/薛伟堂著.
北京：中国工人出版社，2025. 9. -- ISBN 978-7-5008-8761-4
Ⅰ. I25
中国国家版本馆CIP数据核字第2025M55D78号

杨金安：百炼成钢的“熔炉诗人”

出 版 人 董 宽
责任编辑 傅 娉
责任校对 张 彦
责任印制 黄 丽
出版发行 中国工人出版社
地　　址 北京市东城区鼓楼外大街45号　邮编：100120
网　　址 http://www.wp-china.com
电　　话 （010）62005043（总编室）
（010）62005039（印制管理中心）
（010）62379038（社科文艺分社）
发行热线 （010）82029051　62383056
经　　销 各地书店
印　　刷 宝蕾元仁浩（天津）印刷有限公司
开　　本 880毫米 × 1230毫米　1/32
印　　张 6
字　　数 100千字
版　　次 2025年9月第1版　2025年9月第1次印刷
定　　价 49.00元

国之大者，工匠先行

——“大国工匠人物传”丛书总序

在中华全国总工会成立100周年之际，全国总工会宣传教育部、中国报告文学学会、中国工人出版社联合开展了“文艺工作者走基层”活动，推出“大国工匠人物传”丛书，向全国总工会献礼，向广大劳动者致敬！

“知者创物，巧者述之守之，世谓之工。百工之事，皆圣人之作也。”这是中国所见年代最早的关于手工业技术文献《考工记》中对工匠的记载。“工”之责在于造物，“匠”者为能工鼎识者也。

幼时，老家云南昆明大板桥的老街上，从南头到北头，都是大大小小的手艺人，木匠、石匠、焗匠、骟匠、竹篾匠、鞋匠、箍桶匠……空气中飘荡着木匠的刨花香和石匠敲打出来的粉尘，充满着焗匠手中皮带的“吱扭扭”声、骟匠刀下小猪猡的闷哼、箍桶匠皮锤不轻不重的敲击声。老街上的竹篾匠是我的一个表姨夫，他来自四川，有着一手出神入化的编造竹篾手艺。粗壮的毛竹是表姨夫手中的“百万雄兵”，在一把锋利无比的刀的指挥下，被劈成厚薄、粗细不一的篾。表姨夫的本领仅次于撒豆成兵的天神，他能化篾成物，一般家里能见到、用到的器物，他都能用竹篾编出来。母亲曾命我在老街上买一个暖水瓶的内胆，然后去表姨夫的摊位上，坐等他为暖水瓶胆编制一件竹制的外壳。那个暖水瓶至今还在我家老屋的一个角落里。竹篾壳早已被岁月包了浆，虽然久不使用，却依然油润、红亮。这便是我幼时对匠人的记忆。

五千多年的中华历史长河中，涌现出了无数能工巧匠，他们或如明月光照，或如星河璀璨。一代代薪火相传的工匠精神，不仅成就了那些流芳百世的绝世建筑与器物，更是烛照我们通向文明现代化进程的精神之光，是我们文化的自信心、民族的根与魂。

从“嫦娥”探月到“祝融”探火，从“北斗”组网到“蛟龙”深潜，从港珠澳大桥横跨三地到大兴国际机场凤凰腾飞……这些挺起中华民族脊梁的大国重器、世纪工程背后，无不凝聚着万千工匠的心血和汗水，映照着工匠们孜孜以求、拼搏奋进的身影。

本套丛书收录的是全国总工会历年评选出的大国工匠

的人物传记。他们当中有焊接高铁的“工人院士”李万君、打破国外高端设备维修垄断的王树军、让中国锻件立于世界之巅的刘伯鸣、“人刀合一”的顶级钳工李凯军、在高空“穿针引线”的竺士杰、油田里的创新能手刘丽、了不起的“钢铁裁缝”艾爱国、数控机床上的“雕刻师”孟维、让三星堆文物“活”起来的郭汉中……他们有的是传统加工业的锻造者，为了突破技术瓶颈精益求精；有的是新兴制造业的探路者，为了实现精密制造巧思妙想；有的是军工行业的铸剑者，为了打造国之重器默默坚守；有的是民间手工艺的守护者，为了传承非遗文化精雕细琢……他们奋战在国防军工、装备制造、传统工艺等行业的第一线，以久久为功的钻研和创新，造就了一个个传奇。

这些杰出的工匠，尽管行业不同、岗位不一，成长经历各异，但他们都有着爱党爱国、敬业奉献、创新争先的优秀品质。他们耐得住清贫与寂寞，用灵巧的双手和精湛的技艺，数十年如一日地在平凡的岗位上雕琢自己心中的梦想，以实际行动诠释着“执着专注、精益求精、一丝不苟、追求卓越”的工匠精神。“天下大事，必作于细。”工匠精神既是中华民族技艺世代传承的价值理念，又是中国开启新征程，从制造业大国迈向制造业强国的时代需要。

“大国工匠是我们中华民族大厦的基石、栋梁。”2024年3月5日，习近平总书记参加十四届全国人大二次会议江苏代表团审议时强调“树立工匠精神”，指出“没有金刚钻，揽不了瓷器活”，要“把第一线的大国工匠一批一批培养出来”。党的十八大以来，习近平总书记对建设高素质劳动大军高度重视，强调“当代工人不仅要有力量，还要有智慧、有技术，能发明、会创新，以实际行动奏响时代主旋律”，深刻阐述工匠精神“执着专注、精益求精、一丝不苟、追求卓越”的内涵要义，号召全社会弘扬工匠精神，“为全面建设社会主义现代化国家、实现中华民族伟大复兴的中国梦提供有力人才和技能支撑”。

“匠心聚，百业兴。”无论是传统产业，还是新兴产业、未来产业，大国工匠在发展新质生产力的历史进程中不可或缺。随着经济发展方式转型和产业结构升级，中国要实现由制造大国向制造强国的转变，实现由中国制造向中国创造的跨越，离不开广大劳动者的创新和创造，更离不开对工匠精神的继承和发扬，于是呼唤更多大国工匠成为时代强音。

文艺是时代进步的号角，最能代表一个时代的风貌，最能引领一个时代的风气。中国报告文学学会、中国工人出版社联袂推出“大国工匠人物传”丛书，以图书的形式为大国工匠树碑立传，让他们的故事和精神具有更广泛的交流传播价值和长久的史料价值。本套丛书的写作者奔赴大国工匠生活的城市，深入大国工匠工作的厂区、车间、工作室，获取了全面细致的第一手材料，最终将大国工匠的成长、成才故事呈现在读者面前。

“大国工匠人物传”丛书讲述的是个人奋斗史，也描绘出大国工匠的群体形象。可以说，这套丛书是目前国内系统研究众多大国工匠人生轨迹的权威读本，既有对每位大国工匠的整体介绍和事迹梳理，又有具体的事件、案例，全面、生动地展示了大国工匠各个人生时期的工作和生活状态。

新时代是奋斗者的时代，中国式现代化建设新征程这一宏伟事业为广大工匠技能人才成就梦想提供了广阔舞台。每位劳动者都是主角，都可以成为工匠精神的践行者。大国工匠是新时代的最美奋斗者，更是和平年代当之无愧的英雄。

国之大者，工匠先行，向着中华民族伟大复兴的目标砥砺奋进，行稳致远。

是以为序。

目 录

楔子

2024 年 11 月正式接受大国工匠杨金安人物传记写作任务之后，我便与杨金安联系采访事宜。当时，他正在清华大学参加大国工匠人才训练营第二阶段的线下培训。

杨金安回复说，他 11 月 16 日从北京回到洛阳之后和我联系。

11 月 17 日，是周日。一大早，我收到杨金安发来的微信，说他已到单位，如果我有时间的话可以聊聊。

我匆匆赶到公司，走进杨金安大工匠工作室。杨金安正伏案整理清华大学培训期间的学习笔记，培训班专门配发的笔记本上工工整整记录着老师的讲课内容。

简短寒暄之后，话题就从大国工匠人才培育工程开始。

大国工匠人才培育工程，由中华全国总工会于2024年2月启动。根据《大国工匠人才培育工程实施办法（试行）》，计划每年培育200名左右大国工匠，示范引导各地、各行业每年积极支持培养1000名左右省部级工匠、5000名左右市级工匠，形成大国工匠带头引领，工匠人才不断涌现，广大职工积极走技能成才、技能报国之路的良好局面，推动深化产业工人队伍建设改革，建设国家战略人才力量，为推进中国式现代化、推动高质量发展提供重要人才支撑。

《办法》对培育对象条件进行了明确规定：政治素质过硬，有5年以上一线生产现场工作经历，长期践行精益求精、执着专注、一丝不苟、追求卓越的工匠精神，具有突出技术技能素质等。此外，培育对象还应在大国工匠能力标准上有突出潜能，即在引领力、实践力、创新力、攻关力、传承力等“工匠五力”上呈现明显发展潜力。

2024年6月，经过推荐、评审、公示、公布等严格的遴选程序，首批220名大国工匠培育对象脱颖而出，杨金安就是其中之一。中信重工与杨金安一同入选的，还有铸锻公司锻压车间锻一组组长郭卫东、开诚智能公司机器人研发部经理孙宁。

同一批次，同一家企业，3 人同时入选，不论是在第一期培训班还是行业内，都让人刮目相看。

金秋九月，阳光和煦，清华大学迎来一年一度新生入学报到的季节。9 月 9 日，大国工匠人才一期培训营开班

清华大学培训期间杨金安（右）与王玉明院士合影

仪式，在清华大学中央主楼后厅举行。杨金安和其他学员一起开始接受为期一年的线上线下培训。

第一期培训班分为4个班级，杨金安分在一班。每个班级分三个阶段进行脱产培训。9月9日至9月14日为第一阶段线下学习，11月11日至11月15日为第二阶段的线下学习。第三阶段线下学习安排在了2025年的3月。

针对工匠型人才特点，培训班采用理论导师和技能导师“双导师”模式，邀请清华大学教授、中国工程院院士等专家学者作为理论导师，大国工匠作为技能导师联手助学。除了导师授课，培训课程还包括现场参观、创新课题研讨和专家导师指导等。

杨金安向我展示了培训班的课程表，授课老师的名字一个个如雷贯耳：中国工程院院士、清华大学化工科学与技术研究院院长、清华大学化学工程系教授金涌；中国科学院院士、清华大学计算科学与技术系教授、现任微软亚洲研究院技术顾问张钹；清华大学材料学院教授张弛；全国总工会兼职副主席、中国航天科技集团公司特级技师高凤林……

杨金安连用三个“想不到”表达自己的惊喜：想不到国家对工匠人才培养这么重视，想不到培训班有那么多业界“大师”亲自授课，想不到我们这些来自基层的工匠能与“大师”面对面。

对杨金安来说，与大师“面对面”，不仅只为感受“大师”风采，更重要的是得到“大师”的“亲传”。

这次参加大国工匠人才培训班，杨金安是带着课题《高品质核电钢锭冶炼浇铸技术研究》来的。为了这一课题，杨金安做足了准备，重新梳理近年来积累的资料，和公司铸锻研究院技术人员、大工匠工作室创客成员多次深入交流，分析目前我国大型核电钢锭冶炼过程中存在的主要问题。他希望“大师”们为他指点迷津，从理论上指导解决钢锭电炉冶炼效率和成本、LF精炼阶段渣系的成分控制和夹杂物的控制、真空脱氧理论和钢锭凝固技术方面的实际问题。

集中培训期间，杨金安每天的课程安排得满满当当。上午8点半开课，11点半或12点下课；中午1点或1点半，又开始了下午的课程；晚上还有课程。

当工匠遇上“大师”，会是怎样一种体验？培训期间，中央电视台财经频道“经济半小时”栏目组，策划制作专题节目《大国工匠进清华》，展现工匠学员们在培训期间的所学所获、所思所悟。在甄选学员代表接受采访时，杨金安由于突出的事迹、忠厚的形象和娓娓道来的表达，成为理想人选之一。

由于白天还要上课，出境采访只能安排在中午。那两天，上午课程一结束，杨金安匆匆回到宿舍，换上来参加培训时特意新买的白色衬衣、商务夹克。他说，这是国家级电视台采访，不仅代表大国工匠培训班学员形象，还代表中信重工的企业形象，一定要讲究，展现出新时代产业

在清华大学参加大国工匠培训期间，杨金安（左二）课间与老师探讨

工人的精气神。

除准备访谈内容，还要配合拍摄反映在清华大学校园内学习生活的空镜，那两天中午，杨金安连饭都没顾上吃。

课堂上，杨金安专心听讲，认真做笔记，来不及记录的或是疑惑不解的地方，就用手机拍下照片。课间休息时间，杨金安见缝插针和老师探讨课题。晚上下课回到宿舍，杨金安接着整理当天笔记，记录自己的感悟和启发，思考下一步行动计划，往往都是深夜 12 点之后才上床睡觉。

培训期间，杨金安还和学员们一起，到清华大学材料学院、清华大学艺术与设计实验教学中心印染工艺实验室、清华大学艺术与设计实验教学中心陶瓷艺术与设计实验室、首都航天机械有限公司高凤林劳模创新工作室等地参观学习。

从课堂听讲到课下交流，从校园培训到现场参观，杨金安脚步匆匆、收获满满。在班级举行的“大国匠心”分享会上，杨金安深有感触地说：“我从事炼钢工作 40 多年，这次来清华大学参加培训，是带着非常多的冶炼问题来的。通过认真聆听老师们的授课，自己深受启发，特别是对特种高纯净度钢的冶炼技术知识有了更深入更全面的认识和理解，让自己的冶炼技能得到了很大提升。”

采访中，杨金安还透露了一个“小秘密”。这次能够以大国工匠培训班学员的身份走进清华大学，也算是圆了自己的一个“清华梦”。读小学时，受清华大学毕业的辅导员老师影响，杨金安曾梦想考入这所中国顶尖高等学府，没想到半个世纪之后终于“梦想成真”。而且，还与儿子成了校友——儿子杨龙2022年曾在清华大学总裁班进修。

话题自然转换到杨金安的人生经历和职业生涯。在我的提问引导下，杨金安开始讲述，语气虽然平静，但往事历历在目。他的家庭、他的童年、他的求学、他的工作、他的成长……那些青涩岁月，那些奋斗的脚步，那些承受的压力，那些成功的喜悦，就像一幅幅画卷，随着时间的卷轴徐徐打开。

第一次采访之后，我又多次深入采访，走近他的家人、徒弟、工友、领导，了解他们眼中的杨金安。在碎片化的剪影中，在拼图式的还原中，杨金安的人物形象逐渐清晰、丰满起来。

杨金安还带着我在车间炼钢设备组成的钢铁丛林间穿

梭，爬高下低，给我详细讲解炼钢的流程、炼钢炉的结构、不同炼钢炉的作用。讲解的时候，杨金安如数家珍，滔滔不绝，神采飞扬，激情四射。在他眼中，这些炼钢设备从来都不是冰冷坚硬的钢筋铁骨，而是有血有肉有灵有性的“老朋友”，他们之间早已融为一体、亲密无间。

择一事，终一生。不为繁华易匠心，不舍初心得始终。

杨金安有三次当车间主任的机会，都被杨金安婉拒了。杨金安经常说，“我的人生理想很简单，就是要炼出世界上最好的钢，在世界炼钢行业有我们的一席之地”。杨金安把个人理想追求融入制造强国事业，追寻着心中的梦。自 1984 年参加工作至今，整整四十年，杨金安始终坚守在炼钢一线，始终坚守在烈焰熊熊的炉膛前，炼出一炉又一炉最好的钢，也把自己“炼”成了一块“好钢”。他把两块“好钢”都献给国家，牢牢夯筑着制造强国的根基。

四十年来，杨金安带领团队炼出了航空航天钢、军工钢、核电钢、石化加氢钢等一系列“高精尖”钢种，成功应用在神舟系列飞船、国产航母、港珠澳大桥等国家重大工程建设项目上，主导完成“卡脖子”关键钢种技术攻关课题 28 项，发表专业论文 5 篇，获评国家专利 3 项，获

大国工匠人才培训营开班式（前排左三为杨金安）

聘公司首批大工匠，当选2019年“大国工匠年度人物”、全国技术能手，入选全国总工会首批大国工匠培育计划，获得全国五一劳动奖章，被授予全国劳动模范称号，当选中国工会十七大代表。杨金安大工匠工作室获评全国示范性劳模工匠创新工作室、全国技能大师工作室。

书写大国工匠的精彩故事，奏响技能报国的时代强音。作为企业一名宣传工作者，自认为对杨金安的事迹耳熟能详。他职业生涯的每一步成长，炼钢取得的每一次突破，获得的每一次荣誉，我都会及时跟进报道，讲述他初心不改、匠心筑梦的青春故事。

可是，随着采访的深入，当真正走进杨金安的奋斗历程和精神世界时，我发现我之前对他的认识和了解还是肤浅的、片面的。现在，经过几个月的深入挖掘，又有什么新的探索与发现呢？就请读者跟随我一起，再次走近杨金安，体味一名炼钢工人朴实又崇高的人生追求，感悟一名大国工匠如何在烈焰中百炼成钢。

第一章 青涩岁月

地处豫西的三门峡渑池县，不仅是广袤中国版图上的一个地理位置，更是泱泱华夏文明的一处文化地标。早在7000 年前，仰韶文化就在这里孕育形成，点亮中华文明的第一缕曙光，照亮人类文明的漫漫长路。

在这物华天宝、人杰地灵的文化圣地，有一座古镇名“洪阳”。洪阳，本在洪山之阴，反其意为阳，取“昌盛”之意。洪阳这片神奇的土地，自古以来就充满了灵气，养贤人、育百姓。经过世世代代先辈们衔泥织丝般的构画，造就了诸多人文景观。

洪阳镇正北十公里处，群山之中，横卧一村，名曰柳庄。村民们世世代代在这里辛勤劳作、繁衍生息，生活虽不富裕，却也恬淡安宁。

柳庄村有家木匠铺，户主名叫杨兴业。凭着一门木匠手艺，为周边村民制作家具，杨家生活过得倒也富足。

1936 年，杨兴业的第三个儿子出生，取名杨文通。杨文通从小聪明伶俐，杨兴业有意无意地向他传授木匠手艺。

杨文通心灵手巧，父亲便倾囊相授。杨文通上手很快，小小年纪做家具已是有模有样。杨兴业自是高兴得合不拢嘴，心里不止一次说，杨家家业后继有人了。

天有不测风云，人有旦夕祸福。杨文通长到十几岁时，父亲杨兴业就因病撒手人寰，留下母亲带着三个儿子艰难度日。

父亲杨兴业去世后，还有不少村民制作家具的工钱尚未收回。杨文通母亲曾带着孩子们上门讨要工钱。有些欠账的人欺负他们是孤儿寡母，不认账，母子往往无功而返，空余叹息。

尽管杨文通也会制作简单家具，但毕竟年少，村民很少去找他。失去经济来源，杨文通一家的生活，逐步陷入困顿。

后来，两个哥哥相继结婚，另立门户，杨文通跟着母亲生活，日子过得紧紧巴巴。

时间的河流，静静地向前流去，不紧不慢。杨文通家的生活，依旧在贫困中挣扎，箪瓢屡空。

转眼到了1953年。刚刚成立不久的新中国，开始实施以第一个五年计划为中心的大规模经济建设，并提出了优先发展重工业的方针。在苏联援助下，我国开始实施156项重点工程。其中，中国第一拖拉机厂（现中国一拖集团有限公司）、洛阳矿山机器厂（现中信重工机械股份有限公司）、洛阳轴承厂（现洛阳轴承集团股份有限公司）、洛阳铜加工厂（现中铝洛阳铜业有限公司）等七大厂矿落户洛阳，在涧河以西一字排开，拉开中国工业大发展的序幕。

建厂初期，各大厂矿人才奇缺。于是，各厂采取“请进来”“走出去”的方法培养建设大军，鏖战洛阳。河南省委和部局从各地抽调大批干部来到洛阳。1953年6月，焦裕禄同志从共青团郑州地委第二书记任上调入洛阳矿山机器厂。

1958年，经过五年多建设，洛阳矿山机器厂竣工投产，生产逐步迈上正轨。厂里不仅需要生产工人，还需要大量后勤保障人员和生产辅助工人。于是，洛阳矿山机器厂开始在周边县区、乡镇和农村地区招收工人。

当时的柳庄大队领导得知洛阳矿山机器厂的招工信息后，想到杨文通母子生活困难，就推荐杨文通前去应聘。就这样，22 岁的杨文通来到正在拔地而起的工业新城洛阳涧西，走进现代化的工厂洛阳矿山机器厂，成了厂食堂管理处的一名厨师。

从农村走出来、经受过贫苦的杨文通，十分珍惜来之不易的机会，工作踏踏实实、勤勤恳恳，总是早来晚走，脏活累活抢着干，深得师傅们的喜欢。

食堂管理处的一位领导看杨文通为人正直，踏实可靠，就把自己老家许昌魏都区的妹妹介绍给了杨文通。与杨文通结婚后，女方享受当时政策实现“农转非”，调入洛阳矿山机器厂，被安排在“五七公社”从事劳务工作。

杨文通自幼学习木匠手艺，会做木工，工作之余总爱捣鼓家具。他结婚时的家具，都是自己动手制作的。都说群众的眼睛是雪亮的，杨文通的这一“特长”很快被工友们发现，一传十、十传百，引起厂运输处领导的关注。

让木匠去做饭，是不是用违所长？杨文通在厂食堂做了三年厨师后，被调到厂运输处从事维修工作。

那时，厂运输处的火车、汽车车厢还是木板做的，装卸的却是机械产品，磕磕碰碰，破损很快，经常需要维修。在这里，杨文通找到了施展才华的舞台，如鱼得水，如虎添翼。凭借高超的技艺，认真负责的态度，杨文通工作相当出色，连续多年被评为厂级标兵、先进工作者。

1967 年 3 月，涧河上的冰雪开始融化，岸边的垂柳开始吐露新芽。又一个春天来临，杨文通也迎来了大儿子的出生。

按照杨家族谱，杨文通的下一代应该是“银”字辈。走出大山的杨文通，不仅希望自己的子女更优秀、更出色，像金子一样闪闪发光，而且希望他一生平平安安、健健康康，于是给儿子取名“金安”。

此后几年，杨金安妹妹杨金梅、大弟弟杨金伟、小弟弟杨金峰相继出生，让杨文通夫妇十分欣喜，小家庭充满了欢声笑语。

杨文通刚结婚时，租住在洛阳矿山机器厂西郊谷水村的一栋民房中，每月 3 块钱的房租。后来，房租涨到每月 5 块。杨金安弟弟妹妹出生后，母亲只好辞去工作，全职在家照顾四个子女。母亲身体不太好，又没了工资，生活

儿时的杨金安

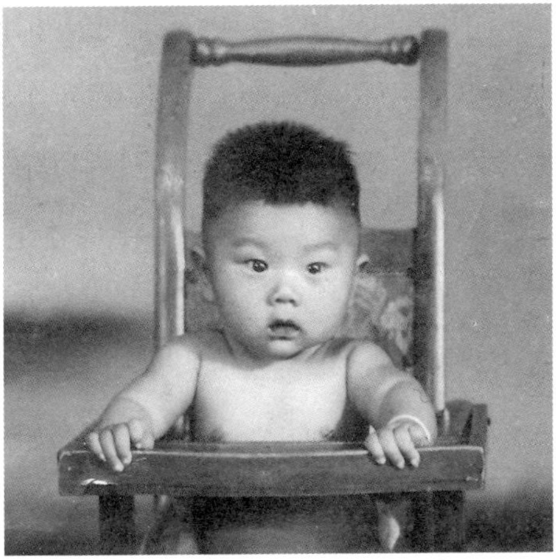

的重担全压在了父亲杨文通肩头。

人丁兴旺，本是好事，杨文通却时常为住处太小发愁。厂运输处领导看到杨文通家庭困难，子女又多，出于对先进模范的照顾，就把运输处设在涧河边谷水镇小元头村（现谷东村）的一处车库，安排给他们一家居住。

车库以前是用来停放推土机的，面积20来平方米，三面围墙，中间一分为二，上面用石棉瓦遮盖。杨文通因地制宜，在敞开的一面砌了墙，装上门，改造成两间小屋。

又借助车库的一面外墙，新盖了一小间房，盖上牛毛毡，厨房也有了。

此后，杨金安一家六口蜗居在这里，日子虽清苦，但其乐融融。

直到1982年，洛阳矿山机器厂分配房子，杨文通才在厂前0号家属区6号楼分得一处新房，面积有40多平方米，一间半大小，里间大一点，外间小一点，带个小厨房，两家共用一个卫生间。尽管如此，一家人很知足，漂泊的他们总算有了一处可以停靠的温馨港湾。

杨文通对子女教育很严格，经常教育孩子们要本本分分、堂堂正正、光明磊落，不许偷鸡摸狗，不许贪小便宜，不可忘恩负义。

有一次，杨金安的大弟弟看见街边商贩卖枣，一时嘴馋没忍住偷拿了两颗。父亲知道之后，不由分说动手打了大弟弟，又把偷拿的枣还给卖枣商贩，并跟人家道了歉。

看着眼泪巴巴的孩子们，杨文通又专门买了些枣给孩子们解馋。卖枣商贩觉得不可思议，杨文通却说，一码归一码，孩子们从小就要端正态度，树立正确思想，不该做的事坚决不能做，不该拿的东西坚决不能拿。

小时候杨金安和弟妹们调皮，在外面打架，不管有没有理，父亲都会先让他们跪下，进行严厉教育。杨金安和弟妹们从小做人做事都安分守己，与人为善。

父亲杨文通是做木工的一把好手。20世纪六七十年代，社会经济落后，物资匮乏，市场上卖家具的不多，大部分人也没什么钱，家具不是买不到，就是买不起。

自己动手，丰衣足食。杨文通就从谷水集会上买一棵大树，用板车拉回家，再用手工锯条锯成大小不一的板材，制作成桌子、椅子、柜子、茶几等。看到父亲像变魔

全家福

术一样，变出一件件精致的家具，只有几岁的杨金安觉得很好玩，总是央求和父亲一块儿拉锯锯木头，学着使用刨子、凿子、墨斗之类的工具，尝试制作一些木头玩具，常常乐在其中。

在杨金安的记忆中，父亲做起木工来全神贯注，一丝不苟，追求完美。他做的家具，不仅结实耐用，而且外观精致，就像工艺品，甚至不亚于市面上的品牌家具。加上杨文通为人和善，不少街坊邻居和工友都喜欢找他做家具。

白天在单位上班维修车厢，晚上加班赶制家具，虽然很忙很累，但是杨文通总是有求必应，乐此不疲，赢得左邻右舍和身边工友们交口称赞。

杨文通还有磨刀的手艺，谁家的菜刀钝了，剪刀不快了，也会找杨文通帮忙。

杨金安清楚地记得，有一年腊月，春节将至。一天晚上，全家人围着煤火炉，享受着团圆的幸福时光。母亲专门买了花生，四个孩子开心地吃着、嬉闹着。父亲杨文通则在一旁专心做着家具，那是帮工友做的，一面 1.8 米高的柜子，要赶在春节前完成。

只见父亲拿着尺子测量，用墨斗拉线，不断校准垂直度、水平度，时不时用铅笔做标记；看到木料上的飞边毛刺，总要打磨打磨。杨金安和弟弟妹妹忍不住说：“爸爸，你随便做做不就行了，何必那么认真呢？把自己搞得那么累。春节前做不完，春节后再做也不晚啊。”

杨文通一边认真打磨，一边对孩子们说：“做人呢，一定要讲诚信，答应别人的事一定要说到做到。不论做什么事情都要专心专注，要有一股钻劲、持之以恒，才能把事情干漂亮、干出彩。敷衍了事，损害的只能是自己的名声，吃亏的最终还是自己。”

杨金安那时还不知道父亲所说的其实就是“匠人精神”，但执着专注、一丝不苟、精益求精的工匠精神的种子，说到做到、重行践诺、乐于助人的品格，已经深埋在少年杨金安的心底，潜滋暗长起来。

杨文通还会给孩子们讲厂里发生的事，其中就有焦裕禄的故事。焦裕禄 1953 年 6 月从共青团郑州地委第二书记任上调入洛矿，1962 年 6 月离开洛矿，前往尉氏、兰考，在洛矿整整生活工作了九年时间。杨文通 1958 年刚进厂时，就听说了焦裕禄的事迹。

1958 年春，洛阳矿山机器厂党委发出“边基建、边生产，试制 2.5 米双筒卷扬机，向五一节献礼”的号召，并指定由焦裕禄同志担任主任的一金工车间承担。一连 50 多天，焦裕禄吃住在厂里，带着大家连轴转，自己常常是一个馒头加一碗水就是一顿饭。夜里，他就在车间的长条板凳上一躺，盖上棉衣眯一觉。在焦裕禄的带领下，一金工车间只用了 3 个月就试制成功了新中国第一台直径 2.5 米提升机，填补了我国机械工业史上的一项空白，结束了我国提升机长期依赖进口的局面。在我国的机械制造史上写

杨金安与妻子冯丽娟

下了光辉的篇章。

杨文通也会给孩子们讲“刘玉华姑娘组”的故事。同样是1958年，由刘玉华带领21名车间女工组成了“姑娘组”，年龄最大的22岁。姑娘们学文化、学技能、搞革新、提建议，使生产效率成倍增长，成长为新中国第一代女车工，并成为全国闻名的先进集体。

讲到焦裕禄、刘玉华等人的故事，杨文通言语间充满了钦佩之情，教育孩子们向他们学习，做一个对国家、对社会有用的人！

五岁时，杨金安进入洛阳矿山机器厂子弟学校第四小学读书（现洛阳市涧西区英语学校）。在学校，杨金安加入校内社团，课余练习吹长号和小号，能够熟练演奏《运动员进行曲》《解放军进行曲》等歌曲。

学校有个女课外辅导员，毕业于清华大学，高高的个子，人长得漂亮，说话也很温柔，杨金安和同学们都很喜欢她。她经常给杨金安他们讲述清华大学的趣事，鼓励孩子们好好学习，将来考取清华大学，学习更强的本领。从那时起，杨金安就在心底埋下“清华梦”的种子。

杨金安还有个“军人梦”，最好能当个飞行员，开上战斗机。他欣赏军人身披戎装的飒爽英姿，欣赏军人刚毅不屈的精神品格。

杨金安还看过一部电影《火红的年代》。影片讲述的是 1962 年发生在上海某钢铁厂的故事。上海某钢铁厂接受了冶炼新钢种的任务，以炉长赵四海为代表的工人阶级，坚持走自力更生的道路，与白厂长依赖进口的保守思想展开了激烈的斗争，最后抓住了暗藏的敌人，用事实教育了执行错误路线的白厂长，炼出了“争气钢”，有力地支援了海军建设。

看到电影里的炼钢工人，尤其是主人公赵四海克服万难、自力更生的鲜活形象，杨金安觉得，当个炼钢工人也挺好。

也许是冥冥之中的安排，也许是命中注定，多年之后，杨金安真成了一名炼钢工人，并作为大国工匠培训班学员，走进百年学府清华大学，同时圆了少年时代的两个梦想。

进入中学，杨金安就读于洛阳矿山机器厂子弟中学——矿中（现洛阳市第十三高级中学）。杨金安最感兴趣的科目，一是化学，二是物理。班主任符老师教化学，杨金安学习化学用功自然多一些。特别是一次在参加全市中学化学竞赛时，杨金安竟然获得了一等奖，在学校引起轰动。小小的激励，让杨金安学习化学的劲头更足了，化学元素周期表背得滚瓜烂熟，各种金属之间、金属与非金属之间的化学反应了然于心。

对于物理的兴趣，主要源于电。杨金安小时候家里时常停电，或者灯泡闪了，或者是线路烧了，或是开关坏了。遇到这种情况，父亲杨文通就请懂电的人帮忙来修。有时候帮忙的人一时半会来不了，又不能催，全家只能点上煤油灯应急。

看着父亲求人时的神情，感受到停电造成的苦恼，杨金安觉得很不是滋味。他告诉自己，一定要把电研究明白，自己学会修理。除了学习物理课本上关于电的知识，杨金安还到谷水镇集会上，在旧书摊上“淘”电气专业方面的书，买回去慢慢研究、仔细琢磨。很快，家里电的问题，杨金安都能轻松处理了，再也没求过别人。

杨金安还根据自学的物理知识，收集废旧电线、半导体、塑料瓶盖等材料，自制了一台收音机，居然真的接收到了广播信号。他有点炫耀地拿给弟弟妹妹看，让他们收听收音机里的广播声。看着哥哥的“发明创造”，弟弟妹妹们高兴得手舞足蹈。杨金安更是一副扬扬自得的神态。

初中三年，有个叫冯丽娟的女生，和杨金安做了两年同桌。杨金安长得高大帅气，还担任班长，学习成绩优异，给冯丽娟留下深刻印象。杨金安对冯丽娟除了正常的同学交往，并没什么特别印象。

自从初中毕业之后，杨金安和冯丽娟基本没见过面。冯丽娟通过招考进入洛阳铁路分局工作。杨金安则继续读高中。两人就这样各奔前程，谁也没想到日后两人会结为夫妻。

杨金安高中毕业后，在家待业一年，通过企业招工方式进入洛阳矿山机器厂，开始了工厂工人的职业生涯。

冯丽娟出生于 1966 年 5 月，比杨金安大一岁。冯丽娟的爷爷奶奶、父亲和叔叔，也是响应国家号召，1958 年从黑龙江富拉尔基来支援洛阳矿山机器厂建设。爷爷是厂房产处管道维修八级工，父亲冯书阁先是在铸钢一分厂天车工段当工段长，后来调到铸钢一分厂联社担任经理，属于中层干部。

一天，已经参加工作的杨金安，在涧河边游玩，偶然遇到冯丽娟和一位女同学也在河边游玩。老同学相见，分外亲切，俩人聊了很多，一起回忆中学时代的青春岁月，畅想未来生活。

冯丽娟本就对杨金安印象不错，偶遇之后更觉得是缘分，便提出去杨金安家中看看。这时，杨金安已经和弟弟妹妹搬入0号家属区6号楼居住。考虑到家庭条件简陋，杨金安委婉推辞，但拗不过冯丽娟软磨硬泡，就带她去了。

此后两人联系逐渐多了起来，大多数时候是冯丽娟去找杨金安，意思再明白不过。杨金安觉得自家条件不好，弟妹多，母亲身体也不好，与冯丽娟优越的家庭条件相比

杨金安与冯丽娟喜结连理

差距太大，没敢有太多想法。最后，冯丽娟看杨金安对两人关系不置可否，就干脆把那层窗户纸捅破了。

冯丽娟的父母认为杨金安家庭负担重，炼钢工人未来职业发展也有限，开始并不同意女儿的选择，但拗不过心意已决的冯丽娟。

一天早上，杨金安上完夜班回到家中，正在给弟弟妹妹做饭，他们还要去上学。随着四个子女长大，住房变得紧张起来，杨金安父母又搬回车库居住，新房留给杨金安及弟妹四人居住。都说“长兄如父”，十六七岁的杨金安主动承担起照顾弟弟妹妹的重任，学着大人的模样洗衣做饭、打扫卫生、整理家务，虽略显笨拙，倒也井井有条。

这时有人敲门。杨金安打开门，认出是冯丽娟的母亲，就把她让进屋，搬把椅子，对她说：“阿姨，您先坐会儿，我先给弟弟妹妹做好饭，送走他们上学，再和您说。”

送走弟弟妹妹，冯丽娟母亲和杨金安聊了起来，主要是询问家庭情况、未来发展什么的。临走时，冯丽娟母亲说：“你和娟年纪都还小，要不你们再考虑考虑？”话中有话，杨金安笑笑，并未说什么，本来也没有这方面的奢望。礼貌地送走冯丽娟母亲，杨金安又开始洗衣服、收拾碗筷、打扫卫生，忙完这一切之后才开始上床休息。

这次见面之后，冯丽娟的反馈是，母亲认为杨金安这小伙子还不错，知道心疼父母、照顾弟弟妹妹，适合过日子。母亲的态度有了动摇，加上冯丽娟坚持，父亲也不好再说什么，只是恨铁不成钢地撂下狠话："以后你受苦受委屈了，可别回娘家哭！"

1988 年杨金安和冯丽娟两人步入婚姻殿堂。现在回想起当初的选择与坚持，冯丽娟开心地笑着说："当时没觉得杨金安有啥前途，主要图他为人厚道、作风正派、踏实肯干，没想到投资了个绩优股！"

第二章 从『不想干』到『感兴趣』

第一次走进炼钢车间的时候，杨金安一下子“蒙”了！与其说是对炼钢知识的懵懂，不如说是被眼前的场景吓蒙了。

那是 1984 年 9 月的一天。17 岁的高中毕业生杨金安前往洛阳矿山机器厂铸钢一分厂报到。还未走近车间，他就听见车间内机器轰鸣，有如打雷一般，一声接着一声。及至走进车间，放眼望去，昏暗的光线中，烟尘飘浮，钢花飞溅。酷热难耐的车间内，弥漫着一股煤气、重油和灰尘混合而成的味道，刺鼻难闻。杨金安和工人师傅们打招呼，即使两人面对面交流，也要扯着嗓子、连比带画才能听清楚。

这一刻，少年杨金安对于从书本、影视剧里得来的关于钢铁工人的所有美好想象，顷刻间轰然崩塌，升腾起一团青春迷茫的粉尘，旋即又散落成一片废墟横亘在心底。

中午，在职工食堂吃饭，杨金安滴水未进。满脑子回想着炼钢车间的恶劣环境，他实在难以下咽。

下午上班，他咬着牙、皱着眉，强忍着度过了几个小时的时光——对他来说，何尝不是漫长而痛苦的煎熬啊！下班时间一到，他飞也似的“逃”回到家中。

“爸，我不想干了！炼钢车间的环境我接受不了！我干不了这个！我真干不了！”杨金安对父亲说，虽然声音不大，但语气决绝。

作为洛阳矿山机器厂职工，一名老劳模，父亲并没有责怪杨金安，而是用商量的口吻说：“毕竟这是第一天去。要不，咱适应适应再说？到时候实在不愿意干了，爸也不强求。”

父亲有父亲的考虑。洛阳矿山机器厂是国家“一五”期间建设的156项重点工程之一，即将迎来建厂30年，正处于历史上最辉煌的时期。更何况，20世纪80年代，“工人老大哥”的身份还备受社会尊崇，能够进入洛矿这样的“大厂”，端上“铁饭碗”，多少人求之不得。如果杨金安进厂，他也就不用为儿子的将来发愁了。

听了父亲的话，杨金安没有再说什么。家中兄妹四人，他是老大，母亲身体又不好，不能再让父亲因为他的事操心、难过了！担当起该担当的责任，杨金安从小就有一种男子汉的气概。

晚饭杨金安一口未吃，早早就躺下了。思绪如麻，毫无睡意，想陌生的工作，想恶劣的环境，想迷茫的青春，想未来的人生……

夜色深沉，弥漫心头，辗转反侧，一夜无眠。

第二天早上五点多一点，杨金安早早起床了。简单吃过早餐，六点来钟就到了车间。不知道干什么好，杨金安就整理整理工具箱，打扫打扫卫生，帮助工人师傅们打好水。眼里有活儿，这是杨金安从小做家务养成的习惯。

看到干净整洁的环境、杯子里冒着热气的开水，师傅们脸上都露出满意的笑容：这小伙儿，不错！

穿上白色的帆布工作服，扣上鸭舌帽，戴上护目镜，杨金安正式成了一名炼钢工人。作为新人，杨金安被安排在50吨平炉乙班。当时铸钢一分厂炼钢设备主要是3台：2台50吨平炉，1台5吨电炉（后改造成10吨电炉）。

虽说看上去像模像样，但杨金安的内心还是抗拒的。那时候还是平炉炼钢，煤气、重油是主要燃料。一到炼钢时间，炉子轰鸣，火光冲天，浓烟滚滚，热浪袭人，杨金安就躲得远远的，毫无跟师傅学习的意愿。

杨金安随身携带的现场工作记录本：记录着炼钢数据及心得

一名老师傅看出了他的心思，冲他招招手：“来，我考考你，这炉钢现在碳含量多少？”

杨金安低头不语，面无表情，呆若木鸡。老师傅不说话，抓起一柄3米长的铁勺，从炼钢炉里舀一勺钢水，泼在地上，钢花四溅。老师傅看了看钢花溅起的角度和形状，随口说出了碳含量的数值。“看见没？这就是功夫。”老师傅说，“炼钢学问大着呢！要想炼好钢，不钻是不行的！年轻人，要沉下心，耐住性子，好好学吧。”

杨金安口头应着，心里却不服气：你就吹牛吧。

老师傅走后，杨金安偷偷取了样，拿到化验室。从口袋里摸出两毛五分钱一盒的“花城”牌香烟，抽出一支递给做化验的王师傅，请他化验化验碳的含量。尽管对新来的小伙子的行为不解，王师傅还是为他做了化验。结果显示，碳含量数值与老师傅说的数值基本接近。

真是火眼金睛？还是纯属巧合？杨金安有点疑惑。回到车间后，杨金安又找到老师傅，故作虚心地向他请教：如何凭肉眼判断钢水的碱度——这是评价钢水质量优劣的另一项重要指标。

看来这小子开窍了？老师傅冲杨金安笑笑，用样勺取了一勺渣样，打眼一看，又随口说出了碱度的数值。一番

“恭维”之后，杨金安又偷偷把钢渣送到了化验室。化验结果显示，碱度与老师傅说的数值又是非常接近。

这下，杨金安不得不服了！之前，他一直以为，炼钢就是抡大锹、出大力、流大汗的。这一点，从厂里发的粮票就有所体现——炼钢工人每月 55 斤，其他岗位工人每月只有 33 斤。

杨金安真切认识到，炼钢不单单是体力活儿，还是一门技术活儿。到底有哪些技术呢？从小就有着强烈好奇心的杨金安，一下子被炼钢吸引住了。“但那时也仅仅是好奇，还谈不上热爱。”回忆起曾经的心路历程，杨金安说。

在好奇心的驱使下，杨金安不再从心理上对炼钢抗拒，而是尝试着去亲近它、了解它、探究它。他开始有意识地跟着师傅们学习起来。

杨金安将近一米八的个头，高大魁梧，年轻力壮，不怕吃苦。每天早早来到车间，打扫卫生，端茶倒水，整理工具，有什么体力活儿，也总是抢着干。平炉炼钢需要一种叫白云石的材料，每天两三吨的量，要一铲一铲送进炼钢炉。即使几个人换班，一天下来也是累得腰酸背痛。

许多老师傅和杨金安父亲年龄差不多，还要一起干着繁重的体力活儿，杨金安于心不忍，每次他一个人都会完成一吨半左右的量，让老师傅们少干点儿体力活。

好学、勤快、脑子灵，各个班组的师傅们都很喜欢杨金安，愿意把自己的平生积累和“绝招”毫无保留地传授给他。

一天，师傅对杨金安讲解了热工操作方法要领。可是，到使用的时候，杨金安怎么也想不起来了，不得不重新去请教师傅。他想起上学时老师经常说的一句话：好记

杨金安参加全国第九期炉长培训班

性不如烂笔头。这次，杨金安特意准备了一个笔记本。师傅讲的时候，他就一字一句记录下来，回去之后慢慢琢磨，时常温故。

杨金安发现这一招很实用。此后，无论走到哪里，他口袋里总会随手装着一个巴掌大的笔记本。遇到炼钢流程、工艺要点、注意事项等关键操作内容，他都会一一记录下来。这一习惯到现在也没有间断过。日积月累，他的操作方法和心得体会记满了 70 多本笔记本，累计 40 多万字，被年轻炼钢工人奉为学习“宝典”。

炼钢，主要原理就是控制钢水中碳、锰、硅、硫、磷五大元素的配比。不同类型的钢，几大元素的比例不同。每天和这些元素打交道，中学化学课本上那些看似枯燥的化学元素符号，一个个在这里充满了灵性。杨金安越学越觉得有意思，越钻越觉得有劲头。不知不觉中，杨金安已经喜欢上了炼钢，无形之中忘记了当初“不想干”这回事儿了。

师傅们精心指导，杨金安用心领悟，炼钢技术进步很快。短短两年时间，他已经熟悉了热工操作、炼钢、控制室设备操作的整个流程，并能独立操作。而这些本事，通常没有五到八年实践历练是不可能获得的。

那时，厂里为了提高炼钢质量，开展“50炉无事故”劳动竞赛活动，杨金安带着班组十几个风风火火的年轻人，冲着“奖金”发起了狠劲。一年12个月，他们8个月都拿了大奖，惹得老师傅们都冲他们直竖大拇指：“牛！”

在杨金安班组的带动下，铸钢一分厂各个班组比学赶超，钢水产量不断刷新纪录。当时的企业报《洛阳矿机报》上，经常出现这样的报道《铸钢一分厂炼钢车间：提前两天超额完成十月份钢水任务》《铸钢一分厂职工立足本职做贡献 钢水钢锭创历史同期最高纪录》……

杨金安很快从同批进厂的50多人中脱颖而出。50吨平炉丙班班长王忠军看到杨金安有干劲、能吃苦、肯钻研，直接找到车间主任，点名让杨金安做他的副手。

1988年，杨金安被提拔为丙班副班长。这年，他21岁，是整个铸钢分厂所有班组长里面最年轻的。

就在这一年，杨金安结了婚。爱人就是初中同桌冯丽娟。

新婚宴尔，别人巴不得早早回去享受幸福甜蜜时光，而杨金安还是一如既往。工友们深夜十二点下二班就回家了，他常常到凌晨两三点才回家。受到冷落的新媳妇不止一次质问：“老实说，下班之后都干啥去了？！”并撂出狠话：“再晚干脆就别回来了！抱着钢铁疙瘩睡去吧！”

杨金安还真没去干别的事，而是一直待在车间。

那时候炼钢还是平炉，是用重油作燃料将生铁及废钢冶炼成钢。炼钢的过程主要包括装料阶段、熔化阶段、脱碳氧化阶段和还原阶段。

氧化阶段主要是脱碳，以及去除钢中的金属和非金属杂质元素，如：硫、磷、硅等。通过向炉内加铁矿石进行碳氧剧烈反应，让炉内钢水液面和渣面抬高，把原始的钢渣放掉等方式，将大量氧化夹杂物从熔池中去除。氧化阶段还包括脱碳操作，这是为了降低钢中的碳含量到所需的水平。在这个阶段，可能会使用到造渣剂来帮助去除杂质。因此，业界有一种说法“炼钢就是炼渣”。造好渣是实现炼钢生产优质、高产、低消耗的重要保证。

还原阶段则是为了调整钢液的成分和温度，使其达到所需的规格。在这个阶段，会向熔池中加入还原剂，如碳粉、硅铁等，使一些在氧化阶段形成的氧化物还原回金属状态。同时，还会加入合金元素，如锰、铬等，以调整钢的成分。还原阶段还包括脱氧操作，这是为了去除钢液中的过剩氧，通常会加入强脱氧剂，如铝、硅等。最后，要对钢水进行成分和温度的最终调整，并进行取样分析，确保钢水的各项指标符合要求。

由于平炉是“死炉子”，炉体不能前倾和后倾。氧化和还原在同一炉中进行，化学成分的控制就成了最大的难题。要想放渣，只能在炉内钢水温度达到一定程度的情况下，向炉内加入铁矿石或者氧化铁皮，让炉内发生激烈的碳氧反应。有时候废钢还没化开，碳含量就低了，操作人员就不敢再加矿石了。如果炉内氧化气氛强一点，打个比方，加进去 100 个含量的某种化学元素，可能只来 40 个化学元素，其他的被氧化了。如果炉内氧化气氛弱一点，加进去 100 个含量的某种化学元素，它可能来 95 个，非常不稳定，化学成分非常难控制。人们常说，干平炉能给人头发干白了！

另一个难题就是化验时间长。化验时，先用钻机在取出的钢样上，钻出铁屑，称重，放进试管里，在酒精灯上加热，一滴一滴往试管里滴试剂，根据化学反应判断某种元素的含量。做一种元素就要五六分钟，等到碳、硫、磷各种元素都化验出来，时间也就过去大半个小时。炼一炉钢水，化验至少需要四五次。

由于化学成分控制难度大、化验时间长，炼一炉 50 吨的钢水，有经验的工人往往需要七八个小时，有的工人可能 20 多个小时也炼不出来。

化学成分随钢水温度变化而随时变化。时间不等人！

有时候老师傅们等不及，就舀一勺钢水往地上一泼，根据钢水的发叉量来判断炉内钢水的碳元素含量。还要看渣子，舀一勺渣子往地上一泼，等渣子凉以后，掰开，一看渣子颜色就知道碱度够不够；再看渣子的断面，就知道

杨金安（左二）到上重交流学习

氧化铁含量是多少。时间长了，也练就了“火眼金睛”。

那时，热加工班组是四班三倒。杨金安上完二班深夜12点下班，他基本上都是凌晨2点左右才回家。这个时候正好是出钢的时间，杨金安又是班长，他执意选择下班后留下来，学习“火眼金睛”的本领。

每次出完钢、取完成品样子后，杨金安都要去化验室看看这个化验成分是不是和预期的一样。跟踪记录每炉钢

杨金安刚参加工作时的炼钢情景

水的能耗和铁合金回收率。哪一种钢用哪一种操作方法最快、最节能、最能保证产品质量？炼钢工艺是否需要改进？他都在认真分析，潜心总结规律。

这时候的杨金安已经有了责任自觉。他知道，公司生产的重型装备以“大”著称，一些零部件动辄数百吨。大块头的零部件用料多，能耗也多，冶炼车间的设备每运行1分钟就要耗电400度。效率提高了，回收率提高了，成本自然就降下来了。

功夫不负有心人！杨金安慢慢练就了一双“火眼金睛”，掌握了“看大样”绝活：取一勺钢水，泼在地上，通过看碳花的发叉量，判断钢水的碳含量；通过看渣样，判断炉内渣子的碱度和温度，并判断出钢水的温度。这种方法可以有效缩短化验和冶炼时间，提高炼钢效率，有效减少冶炼中的能耗，仅此一项，一年可为企业节约上百万元的能耗。

进厂前20年，杨金安没歇过一个春节，甚至不知道春节是啥概念。因为大年三十、大年初一他都在厂里。平炉是烧重油的，设备一旦启动就停不下来，作为班长，他必须得带班。

有时候发现一种新的操作方法或者别人给他弄了一份

新的资料，杨金安总想明白它到底是咋干的，越看越觉得跟看小说似的，看着看着就到夜里三四点钟了。爱人催他睡觉，他口头应承着，眼睛却不离书本。最后爱人睡着了，杨金安还兴致不减。一看时间，已是清晨六点半了，干脆洗把脸，简单吃碗饭，直接去厂里上班了。爱人经常说他：“这老傻子……”

连杨金安自己都觉得有点“傻”。“傻”就“傻”吧，只要内心是充实的，只要精神是愉悦的，只要付出是有价值的。

由好奇而探索，由喜欢而入迷。干一行、爱一行、钻一行，在杨金安身上得到了集中体现。烈火熊熊的炼钢炉淬炼了钢铁的纯度与品质，也淬炼了杨金安的信念与意志。他把青春理想与炼钢事业融为一体，立志当最好的炼钢工人，炼出世界上最好的钢。

参加工作二十年间，杨金安先后冶炼过碳素钢、碳素工具钢、合金结构钢、合金工具钢、耐热钢、不锈钢、模块钢、装甲钢、轴承钢、轧辊钢等 14 类 130 多个钢种。

钢铁工业是国家工业的基础，是生产生活中的必需品。随着钢种的增加，洛阳矿山机器厂的产品领域不断拓展，由建厂之初的矿山装备，逐步扩展到建材、冶金、电力、起重、轻工、环保、交通、军工等行业，尤其在矿山设备制造领域处于国内领先地位，在国家工业建设和国民经济发展中发挥了重要作用。

第三章 跨进电炉炼钢新时代

自从走上炼钢工岗位，杨金安和工友们一直从事着平炉炼钢，直到21世纪初。德国、美国、日本、俄罗斯都在20世纪60年代末把平炉淘汰了，兄弟企业已经迈入了电炉时代。

这期间，企业机构改革分分合合，车间名称变来变去，从铸钢一分厂炼钢车间，到铸钢一分厂和铸钢二分厂合并成立重型铸锻厂，杨金安所在的炼钢车间改称冶炼车间。炼钢设备虽说也在升级换代，但终究是在平炉的圈子里打转，没有本质上的突破。电弧炉也有 1 台，不过是 10 吨的，不论是在性能还是产能方面，均无法满足产品大型化、高品质的需求。

不少年轻工友忍受不了热、脏、累的环境，想方设法调走了。杨金安的岳父冯书阁几次动员，希望把杨金安调到工作相对轻松一些的岗位，都被杨金安拒绝了。杨金安说，啥活都得有人干，他已经喜欢上了炼钢，愿意为之奋斗终身。

爱上炼钢的杨金安，一直有个梦想，有朝一日用上电炉炼钢。理想很丰满，但现实总是很骨感。

20 世纪 90 年代，我国计划经济向市场经济转型过程中，市场竞争规则不完善、竞争环境不健全，洛阳矿山机器厂和所有国企一样，在计划经济向市场经济转型中遇到重重困难。

在这种情况下，企业要进入国际市场，背后必须有一个坚强的后盾。市场倒逼洛阳矿山机器厂，必须寻求出路，从依赖政府转变为依托有实力的大型企业集团。

抉择事关洛矿发展和生死存亡，洛阳矿山机器厂必须求变图存。经过长期调研、考察、并多方沟通、对比，洛阳矿山机器厂最终选择了“在国际、国内享有盛誉”的中信公司。

1993 年 12 月 26 日，洛阳矿山机器厂召开处级以上干部大会，时任厂长郁明山正式宣布：洛阳矿山机器厂并入中国国际信托投资公司。当时的新闻报道中说，“洛矿在建立现代企业制度、公司化改革的进程中迈出了关键的一步”，“洛矿厂进入了一个崭新的发展阶段”。

然而，受经济大环境影响，市场需求大幅回落，公司

操作台前的杨金安

生产经营并未出现好转。同时，由于还贷高峰期及“三角债”等因素困扰，公司连年出现巨额亏损，遭遇前所未有的困难。1998 年 8 月开始欠发部分员工工资，欠发工资最多的员工欠发月数累计达 19.5 个月。

在此期间，公司流失了相当一部分专业技术和管理人才，技术改造也基本停止，长达八年时间内，没有新增一台设备。

在严峻的形势面前，公司提出“市场导向，外贸带动，调整优化，发展增效”的十六字方针，外抓市场求生存，内抓管理求效益，深化改革增活力，在困境中艰难前行。

2001—2003 年，公司发展进入调整恢复期。公司以“创新、调整、发展”为指针，坚持以经济效益为中心，围绕企业扭亏脱困的目标，进一步深化企业改革。一是实施完成“债转股”工作，成立“中信重工机械有限责任公司”，实现资产的优化重组和股权多元化；二是组建“中信重机发展总公司”，为主辅分离做准备；三是实施全员聘用制，推行计时（计件）工资制、岗薪制、年制等分配办法，强化内部激励机制；四是完善增效机制，对各单位硬化经营指标考核，激发内部活力。与此同时，公司全力开拓市场，调整产品结构，推进技术进步，强化内部管理，逐年加大减亏增利步伐，2003 年整体实现扭亏为盈。

2003 年底，刚刚实现经营性扭亏的中信重工，开始实施设备改造，重点解决制约生产瓶颈环节，提高关键制造技术，扩大生产能力和提升装备制造水平，提升公司的综合竞争能力，拓宽企业市场的发展空间，“平改电”工程被提上日程。

就在杨金安参加工作的第二十个年头，梦想终于照进现实。

2004 年 4 月 29 日，牡丹花开时节，洛阳城里处处涌动着春天的气息，处处飘逸着牡丹的花香。

中信重工铸锻厂冶炼车间内“平改电”工程 50 吨电弧炉现场，横幅高悬、彩旗昂扬，鲜明的标语格外引人注目，洋溢着节日般的喜庆氛围。

一大早，50 吨电弧炉周围便挤满了人。他们有的为大炉精心进行最后的检测、调试，有的则专门前来先睹为快。

上午 9 点 09 分，50 吨电弧炉竣工投产剪彩仪式正式开始。大炉前的平台上，杨金安和大家一起，共同见证这一激动人心的时刻。

在热烈的气氛中，“平改电”工程常务副指挥长、时年 65 岁的李道同副总师首先致辞。他激动地脱开讲稿说，“今天是铸锻厂，也是我们热加工人盼望已久的日子，50 吨电弧炉——平改电一期工程正式投产炼钢了！为了这一天，我们等待了 20 多年！”

听到这里，杨金安回想起平炉炼钢的年年月月，他百感交集、感慨万千。谁说不是呢？为了这一天，杨金安盼星星、盼月亮，而今终于盼来了！

热烈的掌声将杨金安的思绪拉回现实。时任公司总经理任沁新讲话，今天是个期待已久的日子、激动人心的日子，也是铸锻厂腾飞的日子，更是中信重机值得纪念的日子、值得载入史册的日子！

9 点 26 分，任沁新总经理在 50 吨电弧炉控制室启动按钮。随着 50 吨电弧炉炉膛发出春雷般的闷响，巨大的电极边升起滚滚烟雾，50 吨电弧炉一次试产成功，平改电工程首战大捷。

50 吨电弧炉建设项目是公司“平改电”技改工程三大主体之一，其炉壳直径达 5.5 米，最大装炉量达 75 吨，正常装炉量为 63 吨，是当时国产电炉中最大的。不但创造了周期最短、投资最少、在最有限的空间施工等一系列纪录，而且因意义重大、影响深远，成为全国厂矿的重大工程。

50 吨电弧炉属高功率偏心底出钢炉，集国内外先进技术大成。该炉采用分体式结构，其偏心底出钢设计可实现不带渣出钢，使冶炼的钢水质量大为提高。其自动化水平高，重要的组成设备和全部工艺参数，都由 PLC 系统和工控计算机监视，进行半智能化控制。

50 吨电弧炉还采用水冷式炉壁、炉盖和高阻抗炼钢，冶炼一炉钢仅需 110 分钟，生产效率大大高于 8 小时才炼一炉钢的平炉。化学成分分析采用光谱分析仪，几十秒就可测量出各种元素的含量。效率高、质量稳、性能优，公司钢水年产量突飞猛进达到 15 万吨以上，为企业发展奠定了坚实的装备基础。

早在 2003 年 11 月“平改电”工程启动时，杨金安就被抽调参与 50 吨电弧炉安装调试，平时还要兼顾原 50 吨平炉的生产。从设备安装开始，一直到设备调试结束，杨金安全程参与，了解设备结构与性能，熟悉控制与操作，仅调试笔记就记录了十多万字。

设备安装调试过程中，公司技改项目组和设备厂家定期召开碰头会，协调解决设备安装调试中的问题。杨金安本来不在项目组，但他的勤奋好学、认真执着让人印象深刻，经常受邀参加碰头会。

会场上，杨金安没有把自己当作一个“旁听者”，只是“列席”，而是一个真真正正的“与会者”。针对在50吨电弧炉调试中发现的问题，杨金安总是能及时指出，提出改进意见。

杨金安（右二）在现场指导生产

还在调试阶段，50吨电弧炉炼好钢后，钢水需要转入LF精炼钢水包内进行精炼。为了避免氧化渣进入精炼钢水包影响钢水纯净度，钢水倒完之后，电弧炉需要快速归位。按照厂家设计规范和操作要领，电炉归位之后直接停止，有点像是车辆“急刹车”，又像是飞机“硬着陆”。

杨金安按照厂家的技术规范进行操作，意想不到的事故出现了——50吨电弧炉上的三根石墨电极折断了！石墨电极是在电弧炉中以电弧形式释放电能对炉料进行加热熔化的导体，一旦折断，不但存在安全风险，增加维修成本，而且还影响生产。

怎么会这样呢？杨金安经过分析，查明了原因。原来，电炉快速归位直接“急刹车”，石墨电极由于惯性产生剧烈晃动，直接从连接处折断了。

如何才能避免这种事故发生呢？杨金安苦苦思索。既要快速归位，又不能“急刹车”，应该给“刹车”留个缓冲时间，比如后置一两秒钟，好比让“刹车”的车辆继续滑行一段距离，就可以很好地避免这一问题。

杨金安茅塞顿开！

不过，预留缓冲时间，需要厂家在控制系统中预先编程，这就牵涉变更技术设计。因为，厂家的设计规范是，提前预留时间，而不是事后缓冲。

在一次碰头会上，杨金安指出了调试中发生的石墨电极折断的问题，并提出了自己的解决方案。

一听说自家设备设计有问题，厂家总工程师的脸马上黑了下来，坚决否认是设计问题，坚持认为是工人操作问题。他拍着桌子，信誓旦旦地说："我们公司的电炉设备已经干了几十年，在全国不少企业都有应用，从没出现过这一现象，充分说明技术是成熟的！怎么到你们这里就不行了？！还是你们操作有问题！"

面对厂家的反驳，与会人员面面相觑。

见此情景，杨金安一改往日温和敦厚的形象，加重语气说，提前预留时间，对操作者的技能要求非常高。对熟悉炉子、技术又成熟的工人来说是不在话下，但对不熟悉炉子的新手来说，就不好说了。更何况，50 吨电弧炉对中信重工人来说，还是全新的设备，真正熟悉它的又有几人呢？

末了，杨金安坚定地说，不管其他厂家使用如何，现在设备是我们要使用，我就要为设备负责！不合理的地方就要改进！

在场的老专家们听完杨金安的分析，都觉得有道理，纷纷予以支持。

最终，设备厂家修改了设计，在控制程序中预留了缓冲时间。此后，石墨电极因快速归位而折断的现象再没有发生过。

老专家陈家驹对杨金安竖起大拇指，充满赞叹地说：“小伙子好样的！很用心！考虑很周全！有见识、有想法，敢于维护公司利益！”

50 吨电弧炉偏心区水冷盖由钢管焊接而成，里面充

杨金安（左二）同创客团队在炼钢监控室讨论炼钢准备及注意细节

满了循环高压水，主要发挥冷却的作用。杨金安发现，水冷盖位置设计有点偏低了。如果盖子位置过低，炼钢时钢水剧烈反应上下沸腾，钢水很容易喷溅到盖子上。时间久了，盖子上的钢管很容易被烧穿，里面的水渗漏，流进钢水里，形成“钢包水”，很容易造成爆炸，存在安全隐患。

杨金安经过实际测算，提出应把水冷盖的位置适当抬高 10 厘米左右，这样就可以消除这一隐患。

厂家总工程师刚开始仍拒绝接受这一意见，认为电炉的设计是成熟的，是经得起实践检验的。

最终，厂家总工程师还是被杨金安说服，对水冷盖的高度进行了优化调整。

类似于这样的情况还有很多。杨金安先后对设计标准、安装规范提出 40 多项改进意见。设备厂家提出反驳意见，总是被杨金安辩驳的无话可说。杨金安说得有事实、有根据、有分析，还有具体可行的改进意见，不能不令人信服。

50 吨电弧炉成功投产后，厂家总工程师专门找到杨金安，向他表达敬佩之情：“想不到你比我们专业技术人员还懂设计！你提出的改进意见很好，我们都会参考和采纳，形成同类电弧炉新的设计标准和操作规范。”

50 吨电弧炉投产时，杨金安已经完完全全能够熟练操作了。他又开始琢磨，电炉送一分钟电，耗电量是多少，几挡的电压，几挡的电流，每分钟耗电量是多少，足足记了三大本。

“平改电”一期工程 50 吨电弧炉投产后，二期工程紧锣密鼓，加快实施。

2004 年 9 月，80 吨超高功率 EBT 偏心底电炉，150 吨

杨金安（左二）同创客团队在炼钢监控室讨论炼钢准备及注意细节

LF 精炼 A 炉，150 吨 LF 精炼 B 炉，150 吨 VD/VOD 炉接连投产，与 50 吨电弧炉共同形成生产系列装备。中信重工从硬件上赶上了世界先进水平，钢水年产量由以往不足 10 万吨增加到 30 万吨，可冶炼钢种近 300 种，如转子钢、大型模具钢等高附加值产品。钢水质量全面提高，冶金指标可达到：[H] 含量≤ 1ppm、[0] ≤ 10ppm、[S] 最低 0.001%、[P] 最低 0.002%，基本达到超纯净钢水平。。

已担任 16 年班长、晋升高级技师的杨金安，众望所归接掌 50 吨电弧炉班长。

怀一腔热情与激情，凭一股韧劲与钻劲，杨金安带领团队很快玩转了新设备，并在新设备配套操作方法上不断取得突破。

一个电弧炉炼钢的新时代开启了！一个施展才华的大舞台搭建起来了！这时的杨金安，豪情万丈，斗志昂扬，决定大展拳脚。

第四章 打造『争气机』

钢铁是国民经济的中流砥柱，是国家的命脉，关系着国家的国防安全，是国家生存和发展的物质保障。锻件高端化、大型化是发展趋势，并成为一种稀缺战略资源。

事实上，我国是钢铁生产大国，但却不是钢铁生产强国，高端铸锻件更不产自中国。作为工业长子企业，作为“中国工业的脊梁，重大装备的摇篮”，中信重工责无旁贷扛起振兴民族装备制造业的使命担当，致力于打破国外垄断，突破中国工业发展的瓶颈。

2006年，刚刚走出困境的中信重工，在新一届领导班子的带领下，走到新的历史起点。今后的路怎么走？企业向何处去？中信重工的决策者一直在冷静、深刻地思考这个问题。在对国内外市场需求和国家经济结构性调整方向反复研究后，公司领导班子最后决定：“干别人干不了的产品。”

中信重工也只有掌握了大型铸锻件的核心制造技术和工艺，才能站在全球经济一体化的大平台上参与国际竞争！

肩扛振兴民族装备制造业的历史担当，明了企业发展的战略选择，更加坚定了中信重工决策者对大型压机的志在必得。

上马大型压机形成共识后，时任公司总经理任沁新亲自带队赴欧洲考察。经过不断调查、论证，中信重工最终选择了油压机。油压机运行成本低，工作效率是同规格普通水压机的3倍。

经过缜密严谨的多方论证，中信重工最终选定了德国威普克设计的三梁两柱18500吨自由锻造油压机，同时配置德国DDS公司的750吨·米锻造操作机。在确定威普克公司中标之后，接下来是一轮又一轮的艰苦谈判，技术、价格、服务等，一项一项进行。在历经36个小时不间断谈判后，合同最终达成。

2006年12月1日，一项名为“新重机”工程的宏伟计划横空出世。

“新重机”工程，是中信重工“十一五”规划重点项目，洛阳市重点工程，河南省首批14个重点联动推进项目之一。项目总投资39亿元。通过实施“新重机”工程，中信重工形成了一个包括重型冶铸工部、重型锻造工部、重型热处理工部、重型机加工部、重型磨机工部、重型铆焊工部、重型清理工部、重铸铁业工部在内的全新的制造工艺体系，达到现代重型机械装备制造业的高端配置；使中信重工达到一次性提供精炼钢水1000吨、铸钢件600吨、钢锭600吨、锻件400吨的能力，成为全球稀有制造资源；具备核电、火电、水电等大型铸锻件的加工能力和批量生产Φ12m到Φ16m世界最大磨机的能力，助推公司全力进军核电、火电、加氢、冶金、大型采矿等更加广阔的市场领域。

“新重机”工程的核心装备，是世界最大、最先进18500吨自由锻造油压机。

18500吨油压机上横梁、下横梁、移动横梁、立柱、托架等十大关键部件，动辄数百吨。别说国内，就是放眼世界，也没有先例，就是有，别人也不会给你制造！正如习近平总书记所说：“关键核心技术是要不来、买不来、讨不来的。”

十大关键部件的制造，也只能靠自己！

俗话说，“射人先射马，擒贼先擒王”。上横梁成品重

520吨级大型铸钢件——世界最大铸钢件上横梁

达 520 吨，是最大最重的部件。要攻克的第一个部件，就是它了！

根据工艺设计，上横梁需要冶炼 10 炉 6 包总重量达 829.5 吨的钢水进行合浇才能实现。工艺之复杂，合浇之困难，对庞大的系统设施、设备可靠性要求之严，对系统团队的协同配合要求之紧密，在中国铸造史上绝无仅有！

10 炉钢水除了材质要一模一样，温度差异也要微乎其微。也就是说，从第一炉钢水开始，到最后一炉钢水结束，直至完成合浇，在二十多个小时连续不断的时间内，每包钢水的温度还要保持一致！

难度可想而知！风险不可预料！

合浇的日子定在了 2008 年 5 月 22 日。杨金安既期待这一天的到来，又因为责任重大倍感压力。

从接到炼钢任务起，杨金安多次和团队召开策划会。冶炼前，他精心排兵布阵，修整炉子，检查工序，分派任务，备足炉料……一连三天，杨金安一遍一遍检查，不忽视每一个环节，不放过每一处细节。

合浇的日子到了。第一炉钢水冶炼正式拉开序幕。整个车间内弥漫着大战来临的紧张氛围，只见人影晃动，但忙而不乱，忙而有序，忙而有责。

再看杨金安，他站在炉内1600多度钢水的炼钢炉前，神情凝重，目不转睛，紧盯炉门口，时时关注炉子里钢水的变化，不时指挥大家按需添加炉料。炉火旺盛，忽明忽暗，闪闪烁烁，投映在他古铜色的脸庞上，雕刻出一尊刚毅的塑像。

时间一分一秒流逝，钢水一炉一炉冶炼。一炉、两炉、三炉……

一切有条不紊！

最后一炉钢水开始冶炼！

合浇进入2小时倒计时！

突然，意外出现了！

其中一包钢水，由于长时间处于高温状态，钢包底部水口砖炸裂导致钢水外泄跑钢。虽然没有造成人员伤亡，但是现场所有人的心骤然提到嗓子眼儿！

合浇还能按期进行吗？

这次浇铸的上横梁，是当时世界上一次组织钢水最多、浇铸吨位最重的特大型铸钢件。对于中国铸造行业这一具有标志性意义的盛事，中国铸造协会、中国锻压协会等行业领导、专家，以及广大客户，已经赶到中信重工，100多位嘉宾正翘首以待见证奇迹。

中央电视台、中国工业报、省市电视台等众多媒体记者，早早架好了摄像机，期待记录这一历史性时刻。

怎么办？！怎么办？！

关键时刻，公司领导果断决策：重新冶炼一包钢水！

这就意味着，两个小时之内必须炼出一包同样材质、同样重量的钢水。

毫无疑问，炼钢的任务又落在了杨金安肩头。所有人

合浇 18500 吨油压机上横梁

又将目光投向杨金安。目光里，有信任，有疑惑，有担心，大家都替他捏了一把汗。

“那时候，头发上像系着十块砖一样，千钧一发，压力巨大啊！”说到压力时，杨金安喜欢用头发系几块砖来形容。这次是他说的砖块数量最多的一次。以前最多也不过五块砖。

从前期准备，到开始冶炼第一炉钢水，再到现在，杨金安已经两天没有合眼了！此时的他眼睛布满了血丝，显得疲惫不堪。迎着大家的目光，杨金安用沙哑的声音说出两个字：拼了！

又有两台炼钢炉同时开启了。杨金安既是一名将领，随时排兵布阵，又是一名战士，处处冲锋一线。他在两台炼钢炉之间来回奔走。从热工配置到装料，从调配成分到温度监控，每一个环节，杨金安都亲自操作。汗水湿透了衣背，钢花飞溅到身上，他浑然不觉。眼前只有沸腾的钢水，满脑子只有各种元素和温度的数值变化，心中只有一个念头：只许成功，不许失败！

沧海横流方显英雄本色。1 小时 20 分钟后，两炉合格钢水如期冶炼完成，旋即加入胜利的大会师中。

随着指挥长哨声鸣响，炽热的钢水喷涌而出，直入砂模浇口。车间内红光普照、热浪滚滚。十分钟后，世界最大且唯一的，并且是最先进的自由锻造设备18500吨油压机核心部件上横梁顺利浇铸成功！中信重工创造出中国乃至世界铸造史上的奇迹！

整个厂房内顿时一片欢腾。如潮的掌声中，杨金安终于露出了久违的笑容。

众人散去，清理完现场，杨金安长长舒了口气，拖着一身疲惫来到街边饭店。他已经一天没吃一口饭了。要了一碗烩面，又特意要了一瓶啤酒、一盘小菜，算给自己庆祝。吃着吃着，想起这些天来发生的一幕幕，这位身经百战的钢铁战士，心头涌起一股莫名的感动，眼眶里泛起点点泪花。真的是拼搏到无能为力，努力到感动自己！

经此大战大考，杨金安和他的团队更加沉稳、更加成熟了。此后，中信重工人一鼓作气，接连攻克下横梁、移动横梁、立柱等特大件的浇铸。当年9月30日，随着最后一件大件托架的成功浇铸，18500吨油压机十大铸钢件完美收官，为18500吨油压机的制造创造了条件。

2010年7月10日，时任中共中央总书记、国家主席胡锦涛来到中信重工视察。看着巍然耸立的18500吨油压机，动情地对建设者说：“谢谢你们制造了18500吨油压机，为中国人争了光，争了气，谢谢大家！”

听到这话，杨金安热血沸腾，自豪感、成就感、荣誉感在体内融合、升腾。

怎能不令人振奋呢？

作为“新重机”工程的核心标志装备，18500 吨自由锻造油压机组规格和功率均创世界之最，最大镦粗力达到

18500 吨油压机锻造钢锭

18500 吨自由锻造油压机组

DANGO & DIENENTHAL
中信重工
CITIC HEAVY INDUSTRIES

18500吨，可锻造600吨的钢锭、单重400吨的锻件；锻件正负误差不超过2毫米，快锻次数每分钟可达44次以上，锻造一个锻件可同时做10个动作，一人即可操作完成。特别是其液压传动系统采用了世界最先进的泵控技术，相比传统的阀控可大大减少能量损失，实现20%以上的节能效果。

2011年10月10日，世界最大、最先进的18500吨自由锻油压机迎来“大考”——成功锻造438吨特大型钢锭。

当天，中央电视台现场直播车早上6点进驻中信重工锻造现场，对18500吨油压机锻造特大型钢锭进行全过程录制，央视新闻频道从上午10：37至下午17：33连续六次对锻造过程进行了实况报道。当晚七点半《新闻联播》在次头条位置，以《世界最大油压机锻造438吨特大钢锭》为标题，报道中信重工18500吨自由锻压机生产。

新华社在报道中这样写道：

10日，世界最大的18500吨油压机在洛阳完成“大考”，成功锻造438吨特大型钢锭。标志着我国大型自由锻件的锻造能力达到世界先进水平，将有效缓解我国电力、石化、冶金、矿山、建材、船舶、航天等领域对大型锻件需求的燃眉之急，对全面提升我国高端装备制造的产业形象和能力有重大战略意义。

上午10时，在中信重工重型锻造工部，18500吨自由锻油压机与750吨·米操作机联动，仅用2分钟就完成了400吨钢锭的镦粗动作，像揉面一样反复对438吨钢锭锻造，围观者距离十余米仍能感受到热浪扑面。前后用时1小时，438吨钢锭的镦粗拔长工序顺利完成。

当年，《中国工业报》以《盘点2011年中国工业十大事件　创新迈出坚实步伐》为题，对2011年中国工业十大事件进行特别报道，中信重工18500吨油压机荣列2011年中国工业十大事件。中信重工成功锻造438吨特大型钢锭同时入选2011年中国时事政治。

每次看到18500吨油压机这台“巨无霸”，将通红的钢锭像揉面团一样锻造成巨型锻件，为一台台重大装备、为一个个重大工程项目提供钢筋铁骨，杨金安的心情都格外振奋：“争气机”里也有俺老杨“争”的“一口气”呢！

第五章 挺进石化加氢领域

2010年12月1日，“新重机”工程正式竣工投产，中信重工拥有了国内乃至世界稀缺的高端重型装备加工制造能力。这家创立之初就承担振兴民族工业使命的大型央企，踌躇满志地瞄准高端产品领域全面进军。

高端制造和核心制造，不仅需要一支高端的技术团队和管理团队，也要依靠一支专业、敬业的高端技能人才团队作支撑。只有这样，产品设计图才能转化为实物。

此前，刚刚建立13名院士组成的专家顾问团队、15名首席专家团队，培养一支高技能蓝领工人队伍，解决高端产品、高附加值产品的制造难题，成为企业发展的迫切需要。

2007 年，中信重工在全国率先开展首席员工评聘工作，把员工队伍中的高技能、高素质工人命名为“首席员工”，正式开始实施“金蓝领”工程。

2013 年，中信重工又依托“金蓝领”工程，建立起了大工匠评聘制度，加快实现“十、百、千”目标，即：培养十个大工匠、一百个高级技师，一千个技师、高级工，努力打造高技能、高素质人才队伍。

这年三四月份，又到了牡丹花开的季节。雍容华贵、多姿多彩的牡丹竞相斗艳，向世人奉献着亮丽的风景。

中信重工科技大楼一间会议室内，一场大工匠评聘现场答辩考核正在进行。

接受现场答辩的正是杨金安。只见他正襟危坐，自信地看了一遍评委。评委由公司技术、生产、质量、工艺等部门的 10 名专家组成，有的非常熟悉，有的看着面生。但在这里，一切只能靠实力说话。

答辩正式开始。杨金安首先介绍了自己提交的论文《大型铸锻件冶炼浇铸方法》，系统阐述了自己在大型铸锻件冶炼浇铸领域取得的业绩、过硬的技术能力。

个人陈述完毕，评委进行提问，杨金安从容应答。

为了这次现场答辩，杨金安进行了充分准备。答辩前一周，每天备战到凌晨。

答辩成绩揭晓，杨金安获得综合成绩第一名，成为公司首批 5 名大工匠之一。

2013 年 9 月 6 日，中信重工举行首批大工匠、高级技师、技师聘任仪式，在中信重工近 60 年的历史上尚属首次，是公司对传统行政等级和人才制度的突破和重大创举。

当天，以杨金安名字命名的“杨金安大工匠工作室”挂牌成立。从此，实业报国、匠心筑梦的理想追求，在杨金安心中越发清晰、越发坚定。

工作室刚刚成立一个月，杨金安就迎来了新的挑战，研发全新的钢种——石化加氢反应器用钢。中信重工首次进入大型加氢锻件市场，一举拿下中海油加氢项目 20 支大型加氢钢锭的订单。

干好这一单，中信重工不仅会筑牢大国重器的地位，还将打开一片全新的市场天地。干不好，中信重工再想进入这一市场领域就更难了。

石化加氢反应器是石油炼化的核心设备。利用加氢反应器，石油炼制过程中在较高压力和温度下，氢气经催化剂作用使重质油发生加氢、裂化和异构化反应，转化为轻质油（汽油、煤油、柴油或催化裂化、裂解制烯烃原料）。因加氢反应器要适应 400℃—500℃的高温、高压、临氢的高参数工况，对反应容器材质要求极高，必须由特制的

大型加氢筒体

石化加氢钢锭一次锻造成型，所以其制造技术及材料工艺难度极大。国内只有少数企业能够生产，且质量不稳定，无法满足社会经济发展需要，国家每年都要花大量外汇进口。

杨金安一直渴望在这一高科技领域有所作为，占领一席之地。但苦于平炉不具备冶炼高纯度钢的条件，加上原料投入大、工艺要求高，一旦失败，动辄损失上千万元，从公司领导到一线炼钢工人都有所顾忌……

公司以前也曾试炼过石化加氢钢，但效果并不理想。一遇到冶炼石化加氢钢的任务，各个班组都不愿意干，总想着把任务推给下一个班组。要知道，那时工人考核不光有任务量，还有质量要求。一旦钢水炼废了，白干不说还要受到处罚，也就不难理解工人不愿干的原因了。

但是，“平改电”之后，装备能力具备了，大家还是不愿意干。这又是什么原因呢？在和大家交流之后，杨金安找到了症结所在，那就是不知道咋干，没有可借鉴的操作法。

杨金安认识到，必须尽快形成企业自己的操作方法，破除大家心中的“魔咒”。

在杨金安大工匠工作室成立后召开的首次会议上，杨金安详细分析了国家发展战略、石化加氢领域的发展趋势，指出了公司当前存在的主要问题。他说，请大家思考，公司成立大工匠工作室的初衷是什么？

有人回答：突破“卡脖子”技术难题，助力新产品新材料的研发。

大家也都纷纷点头。杨金安说：“对！工作室的使命就是要突破‘卡脖子’技术装备生产制造中的难题，让先进装备由设计图变为实物产品。只有这样，才能更好地支撑中国工业发展，才能更好地体现我们大工匠工作室存在的价值！”

杨金安环视大家，稍停片刻，响亮地问道：“大家有没有信心在石化加氢钢领域取得突破？”

“有！”

“必须要取得突破！”

短暂的沉默之后，大家满怀信心地回答。

就这样，石化加氢钢冶炼操作方法研究，成为杨金安大工匠工作室成立后确定的第一个技术攻关课题。

为啃下这块硬骨头，杨金安带领工作室9名成员，马不停蹄投入攻坚战中。

从2023年12月初开始到2024年2月底结束，整整三个月时间，杨金安不分白天黑夜地“泡”在生产现场。他不仅跟踪每一炉钢水从上料到冶炼、精炼、真空脱气、浇铸成型的钢水冶炼的全过程，还跟踪了加氢锻件的锻造成型、热处理、机加工直到最后一道工序质检、探伤。他追着每一个相关人员要反馈数据，把每一个可能引起变化的技术数据，都记录在册。

公司石化加氢技术增辉第六届炼油技术研讨会

那些日子，杨金安满脑子就一件事——炼好石化加氢钢。原料选择是否合适？细节是否都考虑到位了？还有哪些纰漏？他是如此的投入、如此的专注，偶尔回家一次，不是骑着电动车跑到上海市场（杨金安家在1号家属区，距离上海市场3公里远），就是上错楼层，发现钥匙开不了门才反应过来。

就连七天春节假期，甚至是大年初一，杨金安也不顾老婆孩子“闹意见”，照样蹲守在生产现场。正在读大学的儿子放假在家，不无揶揄地说：“老爹，你比总理都忙。想见你一面真不容易啊！”是啊，自出生以来，儿子就很少像别的小朋友那样享受父亲的陪伴。

埋怨归埋怨，牢骚归牢骚。老婆孩子还是理解杨金安的，理解他与炼钢的感情，这辈子是不可能分开了，就像碳元素熔铸于钢铁之中。埋怨两句之后，还是默默地照顾他、支持他。大年三十，照样送去热气腾腾的饺子。

最终，首批石化加氢钢锭一次就交检合格。杨金安和他的创客团队再次创造了特种钢冶炼史上的奇迹。

通过全程跟踪所有20支加氢钢锭、3580吨钢水的冶炼，杨金安带领团队收集了大量第一手资料和数据，通过数据分析、优化，形成了一套典型工艺，编写出了《石化加氢钢冶炼操作方法》，首个攻关课题研究取得突破。

本课题获得当年公司科技进步奖特等奖。中信重工课题验收专家组在对《石化加氢用钢冶炼操作法》综合评价后，作出如下评价：

1. 该操作法能够实现快速脱磷、脱硫（初炼炉 P ≤ 0.002%，成品 P ≤ 0.006%，S ≤ 0.003%），获得高纯净度的钢水；能够实现钢水化学成分精确控制，使化学成分达到点控制水平（C 控制 0.14%—0.15%）。

2. 该操作法能够缩短冶炼时间，节能降耗，提高了钢水收得率，提高了生产效率，同时能够很好地保证设备操作的安全性。

3. 该操作法简便易行，操作可控性强，质量稳定，处于同行业领先水平，能作为指导生产石化加氢产品用钢的冶炼操作规范。

4. 该操作法需在今后生产同类产品钢水过程中，进一步验证、优化与完善。

石化加氢钢终于炼成功了！大工匠工作室首个攻关课题攻关取得成功！中信重工炼钢工人终于有了自己的石化加氢钢冶炼操作方法！

由于石化加氢钢附加值高，工人干得多拿得多！此后再遇到石化加氢钢的冶炼任务，各个班组都争着干、抢着干。

振奋之余，大家建议将操作法总结形成论文在行业杂志发表，为中国石化加氢钢的冶炼提供规范和借鉴，论文题目就叫“中国石化加氢钢冶炼操作方法”。

对于大家的热情，杨金安却泼了一盆冷水。他说，目前我们仅仅炼了3580吨石化加氢钢，放眼行业、放眼中国，总量还是太小，我们还有很长的路要走，还是先作为公司内部的操作方法吧。等以后炼出的钢水具有一定规模，真能代表行业、代表国家水平了，再加上“中国”二字也不迟。

一种全新的钢种研发成功，一个全新的领域豁然打开。中信重工在石化加氢领域旗开得胜，高歌猛进，相继拿下兰州兰石重型泰州项目、黑龙江龙油化工200万吨/年加氢处理装置加氢反应器项目、大唐克旗乙二醇DMO反应器项目的核心锻件产品。

2015年6月10日，刚刚下了夜班的杨金安尽管已经累得睁不开眼，但是他仍然坚持留了下来，没有走。

上午9点钟，由杨金安召集主持的工艺策划会准时召开。当时国内最大规格、超特大型整锻加氢筒体锻件用

338 吨钢锭，当天晚上就要正式冶炼浇铸了。尽管已经提前开了好几次相关策划会，但炉料、炼钢、铸锭等所有参战工序的精兵强将，还是都被杨金安请了过来。

“当天晚上的冶炼浇铸，工作室的同志们，不分白班夜班，大家能来的都要来。这是不可多得的机会，我们要全程跟踪每一个环节。”杨金安的开场白，一下子就让现场气氛严肃了起来。

会议一直开到上午 11 点钟，送走了所有人，杨金安把自己一个人关在了工作室，从头到尾，反复翻看早已了然于胸的每一个策划细节。

看完工艺，杨金安又赶到生产现场，仔细察看炉料、炼钢、铸锭等工序的“开工”准备。

尽管和大家说得底气十足、信心满满，但是第一次干这么大的加氢筒体锻件，且是 6 炉 3 包合浇，任何一个环节、任何一个细节，都不容有失，杨金安心里一直“咚咚”地打鼓。

“我们和张家港江南锻造有限公司一次就签订了 4 支超特大型加氢锻件合同，这是客户对我们装备能力的充分信任。中信重工今后能不能打开加氢锻件这个市场、能不能在这个行业站住脚，就看你们的了。”铸锻公司经理禹兴胜的这番“鼓励”，杨金安怕大家背上压力，没有和工作室的任何一个工友说。

下午 2 点，拖着疲惫的身躯回家，午饭也没有吃，杨金安躺在沙发上就睡着了。晚上 7 点，就像定了闹钟一样，杨金安一激灵醒来，草草吃了些饭，就早早赶回了公司。

晚上 10 点，送电，开始炼钢。一场史无前例的“战役”拉开序幕。

送电不到一分钟，一个突发的小故障——50 吨电弧炉电极卡头打火，一下子让所有人的心提到了嗓子眼上。

杨金安吆喝着紧急关掉电闸，抢着和大家爬上炉子。一看，原来是电极夹头的横臂端面磨损，抱不紧、夹不实，造成电极打火。

按照经验，最稳妥的办法，就是整修夹头端面，但平时修端面需要四五个小时。

生产计划已经排出，所有设备都在等待，所有人都在等待，修端面根本来不及。杨金安立即找来机修车间主任，紧急商量一番后，决定临时加铜垫片。

晚 11 点 40 分，机修人员经过一个半小时的火速抢修，再次送电。50 吨电弧炉正常启动、开炼，30 吨电炉开炼，60 吨 LF 精炼炉等设备相继“上阵”……冶炼车间内一时间“轰隆隆”响声一片，红彤彤火热一片。

经过这样一段“小插曲”，杨金安更是半点不敢懈怠，他紧盯现场，紧盯取样分析。工艺要求初炼时 P（磷）控制在 2 个（0.002%）以内，他们控制到了一个半；精炼后要求控制在 6 个（0.006%）以内，他们控制到了 4 个（0.004%）。C（碳）更是精准定在目标值 14 个，实现了“点控”（即与工艺要求误差 1 个以内）。其他各项指标，也均比厂家技术要求要高。

“漂亮！”

6 月 11 日下午 5 点 30 分，钢水精炼结束，杨金安又盯在了浇铸现场。

“出钢就在两三分钟时间内，钢水会二次氧化，化学成分也会变化，钢水余量不足会出现‘卷渣’，一点考虑不足，连后悔的机会都没有！”

晚上 8 点 26 分，338 吨超特大型加氢筒体锻件用钢锭一次成功浇铸。现场参战人员欢呼雀跃，相互拥抱，眼眶充盈着激动的泪水。

铸锻公司主管技术的副厂长张连振，特意在东方宾馆设宴，为大家庆功。

已经一天两夜没回家的杨金安说：“我就不去了，太困了，想早点回去休息休息。”

看着杨金安疲惫的身体，布满血丝的双眼，张连振副厂长充满关切地说：“回去好好休息，庆功酒回头专门给你补上。”

洗洗澡，换换衣服，回到家时，已经是晚上九点多。一进门，爱人问他：“炼成没有？”

第六届炼油技术研讨会在中信重工召开

“炼成了！”杨金安轻轻说道。

“还没吃饭吧？想吃啥，我去做。”爱人心疼地说。

“你去给我下碗方便面吧，再加两个荷包蛋。”杨金安说。

方便面端上来，很少喝酒的杨金安特意打开一瓶啤酒，自斟自饮，算是为自己庆祝。

吃着吃着，杨金安靠在椅子上就睡着了。嘴里，还含着一口没来得及咽下去的方便面。

看到这里，爱人并没有叫醒杨金安，只是轻轻叹了口气，摇了摇头。他太累了！就让他安安静静地睡一会儿吧。

一个月后，张家港江南锻造有限公司加氢筒体在18500吨油压机上成功锻造。这个锻件外径达6.72米，高3.95米，单重达202.61吨，采用338吨钢锭生产，是当时国内最大的加氢筒体锻件。它的成功锻造，标志着中信重工已成为国内少数能提供制造大型加氢锻件的公司之一。

市场的青睐，业界的认可，充分证明中信重工石化加氢钢是成功的！杨金安带头攻克形成的石化加氢钢冶炼操作方法是成功的！

中信重工人自己探索的石化加氢钢冶炼操作方法，终于可以加上“中国”二字了！杨金安自豪地对工作室的成员们说。听到这里，大家都兴高采烈，鼓掌庆贺。掌声是那样热烈、那样持久。

当年，《中国石化加氢钢冶炼操作法》参评行业科技进步奖，进入前十名，最终取得入围奖。虽然遗憾落选，但评委专家们觉得杨金安团队从一线生产中总结的这套石化加氢钢冶炼操作法太及时了、太实用了。

于是，评委专家们联名给全国总工会打报告，阐述这套操作法对促进国家石化加氢行业的重要意义，建议全总提供资金支持，继续开展研究。为此，全国总工会特意下拨资金 20 万元，用于支持杨金安继续开展课题研究。

2017 年，课题顺利结题，中国石化加氢钢冶炼操作有了国家规范。

善于啃硬骨头，不服输，想干的事必定要干成。这是杨金安的秉性，也是杨金安的倔劲。

2019 年 6 月 20 日至 21 日，中国石油和石化工程研究会技术咨询中心主办的 2019“中信重工杯”炼油与石油化工临氢技术推荐及研讨会在中信重工举行，会议围绕“国Ⅵ标准”即将实施的大背景，通过共享临氢技术研发及应用最前沿成果，深入探讨推动石化临氢领域技术进步，支撑推动国家炼油与石化加氢行业的安全、高效、环保、低碳、智能化发展。

在研讨会上，中国石油和石化工程研究会、中国石化石科院、中国石油工程建设公司、中国石油集团石油化工研究院、中石化炼化工程集团洛阳技术研发中心、中国石化大连石油化工研究院、中海油天津化工研究院等行业企业的150余名专家学者及客户代表，对中信重工石化加氢锻件的技术研究给予高度评价。他们认为：中信重工的石化加氢锻件纯净度和均质性高、综合性能好，锻件制造能力已达到国内先进水平。

第六章 建功『华龙一号』

2014 年，我国中东部大部分地区再次暴发严重雾霾天气，影响面积约 143 万平方公里，约占国土面积的 15%。全国已开展空气质量新标准监测的 161 个城市中，有 36 个城市发生了重度及以上污染，严重影响人民群众健康。

雾霾，再次向人们敲响治理环境污染警钟！

早在 2013 年 9 月，国务院印发了大气污染防治“国十条”，提出了未来五年全国及重点地区（京津冀、长三角、珠三角）$PM_{2.5}/PM_{10}$ 的下降目标和 10 个方面的防治举措。

在能源领域最核心的防治措施就是要控制煤炭消费总量，提高天然气的使用量，大力发展核电、可再生能源等替代能源，推动能源结构转型升级。

与水电、风电、太阳能发电相比，在改善环境质量方面，核电具有明显的优势。核电单机容量大，运行稳定，利用小时数高，可以作为电网基荷运行，生产过程对环境基本上是零排放，改善环境的作用十分显著。尤其是在全球化石能源日益枯竭的大背景下，发展核电逐渐成为世界各国能源结构调整的重要选择。

中国核电自 20 世纪 50 年代中期问世，经过一代、二代积累和发展，取得显著成绩，秦山核电站和大亚湾核电站就是代表性工程。但与发达国家相比，还有一定差距，主要体现在核电技术的研发能力上。中国能否由核电大国变成核电强国，最关键的还是看能否掌握核心技术。

研发具有自主知识产权的三代核电技术，成为国家战略选择。

“没有金刚钻，别揽瓷器活”。众所周知，核电行业十分特殊，技术壁垒和进入门槛都比较高；核电产品不仅材质特殊、性能要求高，而且普遍是超重超大、异型复杂的铸锻件，对研发设计特别是工艺要求、操作工技能水平、

华龙一号稳定器封头冲压成品

产品探伤标准要求相当苛刻，对设备能力、效率和精度要求更是超乎寻常。尤其是 2011 年，日本福岛第一核电站发生核事故之后，对核电技术的安全性提出了更为苛刻的要求。

在当时一无业绩、二无资质、三无技术的“三无”条件下，看着核电产业这块“奶酪”，中信重工核电技术人员，也只能闭起艳羡的嘴巴，眼巴巴地把口水吞咽进肚子里，言不由衷地自我安慰一番：“那不是我的菜。”

中信重工要想进军核电领域，前提是取得相关资质。而要取得资质，先要拿业绩说话，先干出核电模拟试验件再说。

行业某老大哥企业干核电产品多年，中信重工派出团队前去学习取经，杨金安便是其中一员。没想到，对方不冷不热，更不用说让看核心产品和技术了。对方一位领导甚至用轻蔑的口吻说：中信重工要想干成核电产品，至少得学四年，至于学费那就多了去了！

听了这话，杨金安很不是滋味，他憋着一股劲儿：我就是要证明给你们看，你们能做到的，我们中信重工人照样能做到！

忍着屈辱，杨金安把全部精力投入核电钢的冶炼上。

最终，粗炼出的钢，标准要求磷含量0.002%以内，杨金安控制在了0.0005%以内。精炼钢水要求磷含量0.004%以内，杨金安硬是控制在了0.0025%以内。这，已经是同类产品领域所能达到的极限了！

核电模拟件一次实验成功，不但证明了中信重工干核电产品的实力，也标志着中信重工炼钢水平达到世界领先水平。

自2010年拿到取得民用核电锻件制造资质以来，中信重工就持续致力于核电锻件产品研究。那个时候，中信重工不过是“零打碎敲”干一些民品核电的小型接管、法兰，每年产量排在提升设备、建材设备等八大产品之后的“其他”产品之列，总量徘徊在200吨左右，业绩严重不足。

中信重工一直在寻找机会，蓄势待发。

杨金安也一直在苦练本领，积蓄力量。

2015年5月7日，“华龙一号”全球首堆工程5号机组正式落地福建福清。中信重工人闻讯而动、快速响应，组建团队进行攻关，决定在“华龙一号”项目上贡献自己的力量。

听到这个消息，杨金安异常兴奋，也充满了期待。

华龙一号蒸发器筒体

“华龙一号”是由中国两大核电企业中国核工业集团公司和中国广核集团在我国30余年核电科研、设计、制造、建设和运行经验的基础上，根据福岛核事故经验反馈以及我国和全球最新安全要求，研发的先进百万千瓦级压水堆核电技术。

“华龙一号”以“177组燃料组件堆芯”“多重冗余的安全系统”和“能动与非能动相结合的安全措施”为主要技术特征，采用世界最高安全要求和最新技术标准，满足国际原子能机构的安全要求，满足美国、欧洲三代技术标准，充分利用我国近30年来核电站设计、建设、运营所积累的宝贵经验、技术和人才优势；充分借鉴了包括AP1000、EPR在内的先进核电技术；充分考虑了福岛核事故后国内外的经验反馈，全面落实了核安全监管要求；充分依托业已成熟的我国核电装备制造业体系和能力，采用经验证的成熟技术，实现了集成创新。

此后2000多个日夜里，中国企业在探索自主三代核电发展的征程上努力奋斗，踏出了一条国产化核电发展的成功之路——形成一套完整的、自主的型号标准体系，所有核心零部件均已实现国产，国产化率在85%以上，完全具备了批量化建设的能力。

在福清核电厂相关机组中，中信重工陆续为5号、6号机组核电站的主泵支承及锚固件、水分离再热器等重要部件，提供了上支座、管板、主蒸汽进出口接管等42件铸锻产品。

虽然这些锻件产品的规格并不算大，但每一件产品的质量都关乎整个项目的成败。在“华龙一号”核电产品的冶炼中，杨金安带领创客团队，多次进行策划。从炉料选择、化学成分控制到人员分工，每一个环节都考虑再考虑，每一处细节都斟酌再斟酌，确保没有任何纰漏。最终，所有锻件一次“过关”。

2020年11月27日凌晨时分，华龙一号全球首堆福清核电5号机组首次并网成功，使中国成为继美国、法国、俄罗斯之后，又一个具有自主知识产权三代核电技术的国家。

经现场确认，该机组各项技术指标均符合设计要求，机组状态良好，为后续机组投入商业运行奠定坚实基础，并创造了全球第三代核电首堆建设的最佳业绩。这标志着中国打破了国外核电技术垄断，正式进入核电技术先进国家行列。

“华龙一号”是我国核电创新发展的重大标志性成果，

作为中国核电走向世界的标志和“国家名片”，对国家实现由核电大国向核电强国的跨越具有重要里程碑意义，同时也进一步增强了“一带一路”国家对“华龙一号”的信心。

这一年，我国具有完全自主知识产权的三代核电技术“华龙一号”捷报频传，背后均有中信重工的力量。为“华龙一号”福建漳州核电厂 1 号、2 号机组，宁德 5 号机组，惠州 1 号机组等，提供了主蒸汽进出口接管等 200 余件铸锻件产品。海外首堆—巴基斯坦卡拉奇核电厂，中信重工相继为 K–2、K–3 核电机组的 PRS 补水箱和支撑设备，提供了上下封头、筒体、人孔盖板、人孔座等 60 余件铸锻产品。

伴随着“华龙一号”关键核心铸锻件的成功制造并投入使用，中信重工也先后获得了核电管板、上下筒体、锥形筒体等 5 项“核级设备制品”评定资质和中核集团合格供应商等条件，更是赢得了专业设计院和国内外用户的一致信赖，获得多家核电领域龙头企业的认可，建立了良好的合作关系，逐渐跻身核电领域第一梯队，形成行业领先的技术优势和制造优势。哈电、上核、东电三大核电装备巨头，客户们不约而同、纷纷向中信重工抛出了核电订单

“橄榄枝”。

2020 年 8 月，中信重工采用 140 吨钢锭，一次性成功锻造出重达 72.76 吨的“华龙一号”ZH-65 蒸汽发生器用管板评定件锻件，为后续进军“华龙一号”堆型核岛一回路锻件市场，进行大型及超大型核级锻件研制，提供了有力支撑。

2023 年 5 月底，中信重工成功签约西陬山核电项目，一举斩获 1.45 亿元高温气冷堆成套锻件核电大单，核电市场开拓取得突破性成果。

这次签订的核电锻件大单，不仅刷新了中信重工核电市场订货单笔最大合同额历史纪录，而且囊括了高温气冷堆 6 台（套）蒸发器全系列批量化铸锻件，涵盖了高温气冷堆蒸汽发生器封头、筒体、法兰等主锻件，以及接管等全系列大、中、小型锻件，可谓是“大小通吃”。

由此，中信重工实现了由东拼西凑小订单“打零工”到接连斩获亿元大单，实现成套化批量化生产交付的华丽转身，标志着中信重工从生产核电中小锻件，逐步实现向大型成套、批量化核电关键部件的颠覆性提升，为核电产业稳健可持续发展，为公司构建大型铸锻件离散型制造连续化精益管理模式蹚开了新路子。

每次从生产车间走过，看到一件件核电产品在机床上接受加工，或是在一旁整齐列队等待验收，杨金安都会情不自禁走上前去，或是静静观看，或是轻轻抚摸。那情景，就像看到自己的孩子慢慢成长，逐渐成熟，到祖国需要的地方去建功立业，眼里满是自豪。

第七章 扛起『天下第一门』

2018年11月，中信重工迎来一队慕名前来的客人。会晤中，对方直接说明来意，希望委托中信重工制造大藤峡工程底枢“蘑菇头”。

客人来自大藤峡公司。在双方交流中，中信重工方明白了事情的来龙去脉。

原来，大藤峡公司正在建设大藤峡水利枢纽工程。大藤峡水利枢纽工程位于广西壮族自治区桂平市境内的西江水系黔江河段，是国家172项节水供水重大水利工程的标志性工程和珠江流域关键控制性工程，被喻为珠江上的“三峡工程”。工程承担着防洪、航运、发电、水资源配置、灌溉等重要任务。

工程通过流域水库群联合调度，可大幅提高珠江三角洲防洪标准；增大船闸通航规模，年运输货物 5189 万吨；年发电量 60.55 亿千瓦时，相当于节约标准煤 200 万吨；优化水资源配置，保障粤港澳大湾区 7000 万人供水安全。其作为国家珠江—西江经济带和“西江亿吨黄金水道”基础设施建设的标志性工程，将为珠江—西江经济带建设和广西全面对接粤港澳大湾区提供重要战略支撑。

大藤峡水利枢纽工程船闸下闸首人字门高 47.5 米，比三峡船闸人字门还要高 9 米，是目前世界上最大的闸门，被誉为“天下第一门”，过闸效率较常规的二级船闸提高近一倍；对闸门底枢“蘑菇头”来说，要承受 1295 吨的闸门压力。更苛刻的是，如果 50 年内磨损超过 4.7 毫米，就意味着闸门无法开合，这就要求钢的硬度、韧度、耐磨度达到极致。

“蘑菇头”直径 1.2 米，是三峡闸门的 1.2 倍，为世界之最，选用高碳高铬不锈钢材质铸锻，在国内乃至国际也是首次。由于材料特殊、尺寸大且无成功经验借鉴，设备制造难度极高。

2018年3月至10月，大藤峡公司曾委托铸锻经验较为丰富的厂家连续两次进行制造，均以失败告终。抱着试试看的心态，大藤峡公司找到中信重工，希望中信重工能够“啃”下这块“硬骨头”。

干不干？

中信重工组织技术专家和生产骨干展开讨论，两种意见相持不下。

一种意见认为：两家颇有实力的厂家都没有干成，我们就能干成吗？再说，吨位也不大，总价钱也不高，没必要冒险，砸了好不容易树立起来的牌子。

一种意见认为：干！就是干不成也能积累积累经验。

“蘑菇头”的核心在于材质，也就是钢水化学成分的控制。在征求杨金安的意见时，杨金安毫不犹豫地说，我们是共和国工业长子，必然担负着制造强国的使命，当国家建设需要的时候，我们责无旁贷，必须扛起这份责任，我们不能只看经济价值，还要看社会价值。这是我们作为央企的价值所在，作为大工匠，我愿意试试，挑战挑战！

最终，中信重工接下了这项光荣而艰巨的任务。

杨金安自然清楚大藤峡工程的重要意义，清楚“蘑菇头”制造对整个工程建设的重要性，接到任务后彻夜研究技术文件，组织大工匠工作室创客团队和铸锻研究所技术人员一起，向着钢铁技术“无人区”进军。

通过试验分析，杨金安团队采用电渣重熔技术、大吨位压力机快速锻压技术及合并铸锻新技术，有效解决了毛坯内部组织疏松和单个“蘑菇头”铸锻细长比不够的技术难题，同时巧妙保证了锻造材质最优部分分布于“蘑菇头”主要受力部位，为国内乃至国际提供了“中信重工方案”。

2020 年 3 月 31 日，下午 1 点 19 分，大藤峡工程单扇重达 1295 吨的船闸下闸首人字门徐徐打开，2 艘满载 3000 吨的货船由海事船带队平稳通过船闸人字门，驶出上游引航道。闸门关闭后，水位开始上升，历时 12 分钟，船闸水位到达 44 米高程，同上游库区持平，上闸首人字门开启，船只驶入大藤峡库区，标志着大藤峡工程成功试通航，船闸开始运行。

大藤峡工程船闸正式投入使用后，可将航道等级全部提升至Ⅱ级以上，通航吨级提升至内河航运最高等级 3000 吨级，年货运量提升至 5200 万吨，2500 吨级船舶可开到柳州，3000 吨级船舶可直抵来宾，船闸单次通过载重

杨金安参与研制的关键部件门轴底枢“蘑菇头”

量 1.29 万吨，相当于 215 节火车皮的运量，单次过闸时间仅需 1 小时。

在此之前，受险滩、河谷等自然条件影响，大藤峡工程未开发建设前，黔江碍航的险滩多，航道等级均在Ⅳ级以下，行船速度缓慢，穿越 41 千米的大藤峡谷需耗费近 4 小时，通航吨级为 300 吨级，年货运量仅 1300 万吨（2018 年水平）。

此次试通航成功，开启了“西江亿吨黄金水道”新征程，为广西珠江—西江经济带建设和粤港澳大湾区国家战略建设作出巨大贡献。

那天，从网络上看到大藤峡水利枢纽工程船闸试通航成功的消息，杨金安的心情格外愉悦，就像三月的春风吹皱一池碧水，心旌荡漾，喜不自胜。

是啊，别人能干的，我们中信重工人能干，别人不能干的，我们中信重工人照样能干！这就是一名大国工匠的信心和底气。

第八章 铸就世界『轧机之王』

2023 年 10 月 9 日，中信重工召开 2024 年度科技创新研讨会，对 2024 年科技创新工作进行系统谋划。

会议一结束，公司党委书记、董事长武汉琦，总经理张志勇率领公司领导班子成员，急忙赶往铸锻公司铸钢车间。他们要共同见证一个历史性的时刻，一件里程碑性的事件。

当天，中信重工为中冶京诚总包的河南钢铁集团周口基地 5600mm 粗轧机项目生产的世界最大规格轧机牌坊，将在这里浇铸。

浇铸现场，悬挂着横幅——热烈祝贺全球首套、轧机之王 5600mm 轧机牌坊在中信重工成功浇铸。横幅下方，杨金安头戴红色安全帽，身穿橘黄色炼钢工作服，显得格外喜庆。今天，对他来说，又是一个值得纪念的日子！

经过 15 小时连续奋战，共使用 853 吨钢水，实现 7 包合浇，一次性成功浇铸，标志着世界宽厚板轧机即将迈入 5600mm 的新时代，新的世界“轧机之王”即将诞生。

武汉琦董事长同杨金安和现场参战人员一一握手，代表公司对本次顺利浇铸的完成表示祝贺！对参与本项目全体成员的辛勤付出表示慰问！

用户方河南钢铁集团总经理潘树启，设计方中冶京诚总经理韩冰等领导，现场见证牌坊成功浇铸这一历史性时刻。他们激动地说，5600mm 轧机牌坊的成功浇铸，再次证明了中信重工在重型装备制造领域的实力。作为全球首台（套）产品，世界最大规格轧机牌坊的诞生对突破“卡脖子”技术装备、引领行业发展具有重要意义。

轧机牌坊，对杨金安来说并不陌生。2005 年 7 月，为宝钢生产 6 件 1880mm 轧机牌坊。2011 年，为江阴兴澄特种钢铁公司研制 3500mm 炉卷中板轧机、4300mm 宽厚板

四化”部署 夯实发展根基
严禁违章操作
确保安全生产

世界之最、『轧机之王』——5600mm 宽厚板粗轧机牌坊交付

轧机，这在当时都是规格最大、技术最先进的轧机。轧机牌坊钢水也都是由杨金安带领工友冶炼而成。

虽说轧机牌坊并不是第一次生产，虽说冶炼技术已经相当成熟，但这次 5600mm 轧机牌坊，杨金安不敢掉以轻心。

该项目轧机牌坊共 2 件，本次浇铸的产品为操作侧牌坊，长 16.3m、宽 5.4m，铸件毛坯重量为 528 吨，成品重 426 吨，钢水总重 853 吨，是目前世界上单次使用钢水量最多的单体铸件，比 18500 吨油压机上横梁所用钢水 829.5 吨还多 23.5 吨。采用 5 包合浇、2 包补浇冒口的工艺方案。生产调度难度大，安全生产风险高。杨金安带领团队成员，会同车间领导、生产骨干和铸锻研究院技术人员，召开专项会议，制订流程讨论计划，进行无物料天车起吊预演，严格控制各项生产流程，确保浇铸高质量完成。

一个月后，11 月 17 日，5600mm 轧机项目第二件牌坊进入浇铸。这件牌坊，长 16.32m、宽 5.4m，铸件毛坯重量为 530 吨，成品重 429 吨，钢水总重 855 吨，比第一件牌坊还重 2 吨。仍然采用 5 包合浇、2 包补浇冒口的工艺方案。

正在杨金安带领团队精心备战时，一个不幸的消息传来——80 吨电炉供电的变压器突发故障，无法参与冶炼。

这就意味着，只能利用 50 吨电炉和 50 吨合金炉冶炼钢水。

这就意味着，钢水全部冶炼完成的时间，要比第一件多用三四个小时。对 1000 多度的钢水来说，每多停留一分钟就多增加一分风险。

一次浇铸钢水量大，职工连续作业时间长，生产组织难度大，安全生产风险高，一个个难题成为一个个“拦路虎”，横卧在杨金安和工友们面前。

可是，如果等变压器修复再开始生产，生产工期就耽误了！对中信重工来说，客户至上始终是不变的准则。

杨金安再次迎难而上。他带领团队在认真总结首件浇铸实战经验的基础上，细化生产作业指导书，强化安全策划，开展实战演练，深化工艺技术交底，优化设备操作规范、现场指挥及作业流程。

在铸锻公司的统一指挥下，冶炼车间、铸钢车间与铸锻研究院技术人员、生产一线班组职工，高度协同联动，高频次联络协调，采用无物料天车起吊预演、安全应急专项演练等，严格控制各项工序流程和安全环节，经过 22 小时连续奋战，确保了顺利完成合浇。

2024年8月23日，中信重工制造的世界“轧机之王”5600mm宽厚板粗轧机完成工厂交付。

2024年10月31日，“轧机之王”5600mm宽厚板粗轧机在河南钢铁集团周口基地宽厚板生产车间成功试生产。

试车仪式现场，高高的参观廊道上，人们屏住了呼吸：火红的钢板来了，经过除鳞机除鳞，稍稍“准备”了一下，随即“冲”进了庞大的轧机，碾压、整理，再碾压、再整理……几进几出后，第一块宽厚钢板轧制成功了！

“周口基地宽厚板项目的建成，不仅是河南省钢铁产业转型升级的重要一环，也是我国钢铁工业迈向高端化、智能化、绿色化的重要标志。”中国钢铁工业协会党委常委、副会长屈秀丽说。

在钢铁行业，轧机是用于轧制中厚度钢板的轧钢设备，可将钢锭或连铸坯轧制成所需的厚度和宽度。我国厚板轧机按代表规格分为3500mm、4300mm和5000mm三个级别，每个代表规格对应了一定的宽度范围。其中，5000mm级别轧机覆盖范围为4500—5500mm，5500mm轧机是世界上已有的最大宽度规格厚板轧机。

此次成功热试的5600mm轧机，是首次采用“国内设

2023 年 10 月 9 日全球首套、轧机之王 5600mm 轧机牌坊成功浇铸，杨金安和公司领导合影留念

计 + 国内制造”的超大规格宽厚板轧机，打破了国外技术垄断，各项技术参数均处于世界领先水平，是当之无愧的世界“轧机之王”，实现了我国钢铁行业装备制造的新突破。

轧机宽度越宽，能覆盖的产品规格越多，但难度系数也急剧增加。由于中厚度钢板是很多国之重器的核心原材料，广泛应用于船舶及舰艇、装备制造、电力、建筑等与国防工业和国民经济密切相关的领域，因此，此前能覆盖绝大多数产品规格的 5000mm 级轧机的产线数量，便成为衡量一个国家中厚板生产能力和水平的主要指标。目前，世界上已建和在建的 5000mm 级轧机产线总共 31 条，其中，中国已有 7 条，在建的 5600mm 轧机是第 8 条。

这条生产线也是目前世界上装机水平最高、轧制能力最强、规格最宽、品种最全，产品面向高端制造的现代化钢铁生产线。可满足船舶及海洋工程用钢、超低温容器用钢、超大口径高性能管线用钢和新能源、工程机械等领域高端板材用钢需求。

每每看到这样的喜讯，杨金安都会为中国制造感到骄傲！也为自己感到骄傲！毕竟，这些重大装备由他亲手冶炼的钢水浇铸而成！

第九章 危难面前勇担当

炼钢，每天站在炼钢炉前，面对一千多度的高温，面对沸腾的钢水，危险一直潜伏在身边，张着血盆大口，一旦发现安全疏忽的漏洞，随时向人们发起攻击。

由于危险性大，作为大班长，杨金安有着时时放心不下的责任感。每天早上 6 点多，杨金安都会准时出现在车间，围绕各台炉子检查一遍。哪台炉子耐火砖发黑该换耐火砖了，哪台炉子炉壁变薄该维修了，哪个吊运的环节疏忽了，杨金安看得仔细、看得认真，生怕有所疏忽，造成不可挽回的损失和终身遗憾。

有时，睡到凌晨两三点，杨金安突然会从睡梦中惊觉坐起，满脑袋冷汗。

“又做噩梦了？”爱人关切地问。

“想到厂里的安全问题，心里不踏实！”杨金安擦一把冷汗说。

睡也睡不着，心里又放心不下，杨金安就干脆来到车间。

夜班同事很惊讶：“杨师傅，你不是白班吗？怎么夜里过来了？”

杨金安淡淡地说：“不放心，睡不着，过来看看。”

看到车间生产一切正常，杨金安悬着的心才放下来。看看天也快亮了，就到工作室趴在桌子上眯一会儿。

生命高于一切，安全重于泰山。国内其他炼钢企业发生的安全事故，杨金安怎会忘记？又怎敢掉以轻心？

“常在河边走，哪有不湿鞋”。杨金安也多次经历“危急时刻”。

有一次该出钢了，50 吨电弧炉偏心区出钢口 EBT 开关已经打开，钢水开始下泄。突然，电弧炉偏心区上部水冷壁出现炸裂，开始漏水。

杨金安（右）现场工作检查，指导安全工作

一旦漏出的水流入沸腾的钢水，很容易发生爆炸。

危险迫在眉睫！“大家快撤到安全距离！快！！快！！！”杨金安马上组织疏散周围工友，让他们撤离到安全距离。而他自己，却选择了逆行，迎着危险冲了上去。

杨金安果断关闭充水阀门，阻断水源继续注水。但水冷管道内还留有少量水无法排出。出钢时，炉子倾斜度一旦控制不稳，钢水液面左右波动，很容易把水裹进钢水，一旦形成钢包水，爆炸在所难免。

正常情况下出钢，钢包内钢水总吨位还剩 2 吨的时候，炉子才快速归位。出于安全原因，现在快速归位是不敢用了。但还要保住这包钢水，怎么办？！

杨金安决定手动操作，慢慢控制炉子前倾，保持钢水液面的稳定。但什么时候开始倾炉，才能保证炉子归位时钢水恰好流完？

根据经验，钢水大约剩余 7 吨的时候，杨金安才开始缓慢匀速抬升炉子。

杨金安全神贯注，精神高度紧张，双手稳住、再稳住。豆大的汗珠从额头滚下，内衣都湿透了。

这时，一位姓马的副班长担心杨金安一个人太累，就想过来帮忙一起控制炉子倾炉。

杨金安不等他走近，大吼一声：“滚开！你小子不要命了！站到一边去！”平时温文尔雅、和蔼可亲的杨金安，第一次开口骂人。

浇铸顺利完成！钢水保住了！

杨金安瘫坐在一边，感觉身体被掏空一样，大口大口喘着粗气，许久才平复下来。

副班长走过来，一脸委屈地对杨金安说：“我可是冒着生命危险去帮你，你不但不领情，还骂我。”

杨金安也为刚才的冲动道歉。他平静下来，和副班长详细分析了其中的危险和利害，不容商量地说道：“这种危险的活还是我来吧，我是班长！再说，我也比你经验丰富一些，知道该怎么处理。”

还有一次，50 吨电弧炉试生产阶段。电弧炉出钢口托盘液压管道使用几次之后，发生了变形，但在前期检查炉子时，这个部位被忽略了。出钢时，出钢口只打开一半，下泄的钢水一半流入精炼包，一半喷洒到托盘上，四处飞溅。

危急时刻，还是杨金安挺身而出！他身着阻燃服，头戴安全帽，手拿撬杠，义无反顾地走了上去。

他要用撬杠撬开托盘，打开出钢口。

杨金安现场生产指导

这时，他听到现场指挥的厂领导焦急地喊道：耳朵冒烟了！耳朵冒烟了！

撬杠时，杨金安侧着身子，右耳朵对着喷溅的钢水。杨金安只觉得右耳火辣辣地疼，但也顾不上，一门心思撬动着。

最终打开出钢口托盘，顺利完成了出钢。

这时，杨金安才开始查看耳朵。不看不知道，一看吓一跳，右耳朵上全是喷溅的钢花烧出的水疱。之后，杨金安到烧伤医院进行了包扎，半个多月伤口才痊愈。

厂领导又生气又心疼地说：钢水再重要，也没有生命重要！啥时候安全都是第一位的！以后可不能这么干了！

经历这次事故之后，杨金安又发现了 50 吨电弧炉的缺陷。他提议给液压管道设计了个定位销，避免了卡壳现象。

该出手时就出手，危难面前勇向前。这是杨金安的一贯作风，也是其融入生命的行为自觉。

不过，杨金安也有“打退堂鼓”的时候。

1996 年，一天深夜，杨金安刚回到家中躺下睡觉。迷迷糊糊中，听到急切的敲门声。

杨金安披衣起床，打开门。来人是一位工友，不等杨金安询问，他气喘吁吁说明来意。

原来，这天晚上，两台平炉要合浇一件 120 吨重的机架。这在当时的洛矿来说，已经是吨位最大的产品了。操作者是一位老师傅，当天要进行技师职级的现场考核。但炼钢过程中，其中一个平炉出现了钢水过氧化，工艺要求碳含量 39 个，但化验分析只有 9 个，怎么也增不上去。

按照经验，出钢过程中最多只能增加 10 个，在炼钢行业这种情况叫“软熔”，如果碳增不上去，一炉钢水就全部废掉了。而且当时公司还没有保温设备，再炼一炉，另一炉就会过氧化，辛辛苦苦冶炼的两炉钢水就可能全部“泡汤”。

正在接受考核的老师傅手足无措，现场的工人们也束手无策。现场督战的一名副厂长开始着急了，总不能为了一人考技师而耽误生产吧？总不能造成新的损失给企业雪上加霜吧？要知道，1996 年正是企业经营陷入困难的时期。

副厂长想到了杨金安：“小杨，快点找小杨来！他可是咱们这里最好的增碳能手。”

工友这才急急忙忙来找杨金安“救场”。

杨金安考虑到老师傅比自己早工作 10 年，当时又是工段副段长，技能水平并不低。这时出面，一是问题不一定能解决（虽然自己刚刚通过了技师考核），二是考虑到老师傅的面子和感受，不能显得自己多“能”。

时间一分一秒流逝，现场指挥的副厂长心急如焚。

见杨金安还没到场，副厂长亲自来到杨金安的住处，再次说明这件产品对企业发展的重要意义。副厂长亲自出

杨金安现场工作中

马，杨金安觉得事态紧急，顾不了太多，急急忙忙跟随副厂长来到现场。

还未来到炉前，副厂长就对大家说：“接下来一切操作听从杨师傅指挥，大家全力做好配合。”

现场工人们纷纷将目光投向杨金安，有信任的，有怀疑的。

杨金安现场工作中

杨金安现场了解情况后，很快找到了症结所在，迅速制定了补救措施，一是提高钢水温度，二是增加碳含量。

平炉炼钢，提高碳含量需要往钢包里添加增碳剂。当时还没有加热搅拌设备，一次加增碳剂太少，满足不了要求，一次加得多了，又会出现剧烈沸腾，增加的碳反而会流失、数量难控制，且极易造成安全生产事故。

炉前加碳已经不行了，只能炉后加。但增加多少，何时增加，都是有讲究的。杨金安钻进操作室，翻起了自己的小本本，打起了小算盘：能不能先加一层增碳剂，再铺一层脱硫剂进行隔离，然后再铺一层增碳剂，这样就不会出现大沸腾，增碳量也比较容易控制。

杨金安根据钢水重量及每包碳粉可能增加的碳含量，根据经验计算出一共需要 13 包碳粉。先用 5 包增碳剂铺一层，其他几包利用出钢时随钢流加入。

最后钢水分析结果出来，碳含量 39 个半，完全满足工艺要求。在如此困境下，杨金安竟然奇迹般地实现了“点控”，扭转了局面。

副厂长感激地抱着杨金安，久久说不出话来！

参加技师考核的老师傅既羞愧又敬佩地对杨金安说：“真有你的，还能这样操作！”

浇铸完成，天已破晓。老师傅专门请杨金安去喝羊肉汤。

由于这个奇迹，杨金安被厂里嘉奖了300元！

由于这个奇迹，杨金安“增碳高手”的绰号也叫得越来越响。

第十章 传承弘扬工匠精神

新时代开启新征程，新使命呼唤新作为。进入新时代，我国的科学技术确实取得了非凡成就，但关键核心技术创新能力同国际先进水平相比还有很大差距，关键核心技术受制于人的局面没有得到根本性改变。

在中信重工，由于生产具有离散性，大量使用数控机床，许多工艺技术需要在生产现场解决，必须有经验丰富、技术权威的工人参与。

在杨金安看来，一花独放不是春，百花齐放春满园。

作为大国工匠，他不仅建言献策，而且身体力行，言传身教。他经常和团队成员一起探讨生产过程中的难题，固化每一个特钢项目的冶炼方法，鼓励徒弟们成为“战无不胜的钢铁战士”。

为了更好地传承技艺、培养新人，杨金安通过大工匠工作室和公司举办的“工匠大讲堂”、开展的创客群活动，给职工讲工匠精神、讲先进操作法，开展技能培训活动200多次，培训3000多人次，完成创新课题24项，推广应用一批先进操作法，提出合理化建议20余项，创新创效价值9200余万元。更重要的是，锤炼了一支活跃在生产一线的特别能吃苦、特别能战斗、特别能创新的技术工人队伍。

张威风，2010年东北大学钢铁冶金专业硕士研究生毕业，进入中信重工铸锻研究所。2013年，杨金安大工匠工作室成立之后，张威风主动要求加入大工匠工作室，将理论研究与生产实际结合起来，先后参与80吨电渣炉改造，25吨自耗电极制造、功率设计、制造工艺系统的设计。

2017年，张威风参与完成《300吨级大型加氢反应器用钢产业化应用攻关》，对过去两年加氢反应器用钢工艺参数进行梳理，形成标准和规范，为今后生产提供了指导和遵循。

2019年，张威风在职攻读北京科技大学冶金专业博士研究生，2024年9月毕业，毕业论文课题是《轧辊锻件夹杂物探伤缺陷特征与关键冶金工艺》，促进冶金工艺不断改进，推广应用到不锈钢、模具钢产业化应用上，取得很好效果。

河南省杨金安（左一）劳模志愿服务队

郭显胜，2012年东北大学钢铁冶金专业研究生毕业，进入铸锻研究所，2017年加入杨金安大工匠工作室。依托大工匠工作室平台，郭显胜将理论与实践有机结合起来，个人能力得到全面提升，在2024年担任冶炼车间副主任主持工作，2025年担任车间主任。

张敏波，2009年4月从山西长治华北机电学院毕业后，通过“订单式”培养的方式，进入中信重工，成为80吨电炉的一名炼钢工人，拜师杨金安。

杨金安（右二）班组成员要在高温炉前时刻监测炼钢进程

他说，从师父杨金安身上，不仅学习到了业务技能，更重要的是传承了工匠精神。

一次，50吨电弧炉炼钢，脱碳时，张敏波拿着氧枪一直对着炉门吹。杨金安看到之后，立马制止。张敏波疑惑不解：脱碳不就是要吹氧吗？

杨金安耐心地解释说，一直吹，碳氧反应过于激烈，钢水沸腾，很容易损坏设备。同时人站在炼钢炉前，存在安全隐患。应该间歇性、阶段性吹氧，让碳氧慢慢反应。

还有一次，50吨偏心底电弧炉偏心区炉底斜坡补炉，张敏波补完之后，请杨金安检查。杨金安看了一眼，立马要求整改："这样补不行！厚度不够，太薄！和没补有啥区别？"

杨金安解释说，出钢时钢水温度有1600多度，炉底坡处于冲刷区，补得太薄，很容易把烧结区穿透，一旦漏钢，那是相当危险的。说着，杨金安亲自补炉，现场示范，还对张敏波讲解为什么要这么做。补完之后，杨金安说，以后就照着这个标准补！

杨金安的笔记本，张敏波如获至宝。他说，脱磷过程中，以前只知道加石灰就是脱磷，只管加，至于什么时候加效果最好，加多少量合适？师父杨金安的笔记本上面都有很详细的记录，炼钢流程、工艺要点、注意事项等关键操作内容不一而足，实用性、指导性都很强，让自己少走了很多弯路。

名师出高徒。2017 年，张敏波升任成为 50 吨电弧炉的班长，2021 年入选河南省青年工匠人才库，先后荣获洛阳市五一劳动奖章、洛阳市五四青年奖、河南省优秀共青团员等荣誉。2024 年 7 月张敏波晋升为电炉班副班长，成为杨金安的左膀右臂。

王昕涛，2009 年从山西长治华北机电学院毕业后，进入中信重工冶炼车间浇铸班，师从杨金安。2023 年考取技师，升任真空浇铸班副班长，2024 年 5 月获评公司首席员工，连续 6 年获评铸锻公司先进生产工作者。

有一次夜间出钢，钢包在从粗炼炉倒运到精炼炉的过程中，王昕涛距离钢包只有 3 米，安全距离是 5 米以上。值班的杨金安发现后，严厉批评道：谁让你离这么近？！万一出个事咋办？

事后，杨金安特意把王昕涛叫到车间门口，语重心长地说，安全要靠自身，特别是热加工，容不得任何闪失。任何时候都要把安全放在首位，工作再出色，能力再优秀，没有安全全都等于零！

有一次，王昕涛六七岁的孩子生病住院，母亲也生病住院，照顾不过来。身为组长，王昕涛不好意思请假，但内心又很焦虑。开班前会的时候，杨金安发现王昕涛神情不对，随后就把他叫过去了解情况。王昕涛这才说出原因。

杨金安当即给车间主任打电话请假，让王昕涛回去照顾母亲和孩子。随后，杨金安又和车间领导一起，赶到王昕涛家中探望，让王昕涛备受感动，备感温暖，干活的劲

杨金安与创客成员一起策划重大项目冶炼方案

头更足了。

如今，杨金安带过的徒弟，大工匠工作室创客成员，成长很快，都走上了关键岗位，在生产中日益发挥出重要作用。对于这些活跃在生产现场的“宝贝”，领导非常信任：“没有大工匠解决不了的工艺问题，他们是公司破解加工瓶颈的保证。”

班组是企业的细胞，是企业安全生产的前沿阵地。作

中国梦·劳动美宣讲活动

为电炉班大班长，杨金安很注重班组建设和团队建设。

杨金安担任大班长的电炉班，负责的设备有 1 台 50 吨电弧炉、1 台 80 吨电炉、1 台 80 吨电渣重熔炉、1 台 60 吨精炼炉、2 台 150 吨精炼炉、2 台 50 吨中频炉，共 8 台炉子。大班组共 59 人，包括维修人员和两个副班长，分白班、夜班两个小班。每次开炉前，杨金安都雷打不动召开班前会。要在班前会分好工，提前策划，比如今天要干什么，安全方面注意什么，哪台炉子注意什么，质量注意什么，讲得非常详细。在杨金安看来，这样可以消除很多不利因素。

至于班组内工人出现的思想情绪问题，杨金安总是跟他们说："如果大家觉得有什么问题，可以直接跟我说。你们如果觉得跟我说不合适，还有两个副班长，也可以跟他们说，让他们给我带个话儿，咱们别憋在心里。"

炼钢是集体作业，不可能完全固定哪一个人干什么，只能说几个助手是固定的，一助手管设备，二助手管炉后和出钢眼，三助手管合金，助手协助副班长操作，班长负责全面操作。总共几十个人，要善于调兵遣将，发挥各人所长。

班长还管工资发放，集体操作更不好分配了。杨金安

中信重工大工匠工作站揭牌仪式

说，要分清谁是出工不出力，谁是出力不出工，都得一碗水端平，工人才会服气。班长要把大家团结在一起，调动他们的积极性，班组的效益才能提高。绩效考核杨金安给工人们分得非常清楚，一吨钢多少钱，每个人的效益多少钱，这个月完成了多少吨，这是有据可查的。另外每个人杂活儿干了多少，每天也有记录。比如换一个炉子的小炉盖 200 块钱，这种规定是杨金安和几个副班长一起举手表决制定的。

工资方面，杨金安让大家都知道彼此的收入是多少，实行公开透明。一线工人的工资透明，杨金安的工资也透明，如果有人对工资有异议，可以直接来找杨金安。在杨金安看来，只有让大家心里彻彻底底服气，大家才会愿意跟着干，要不然会捣蛋。

对于班组成员，每次完成重大产品的浇铸任务之后，杨金安也会请大家小聚一下，一方面庆祝庆祝，另一方面交流思想。哪位工友有困难，杨金安也会主动伸出援手，让大家心里暖暖的。

第十一章 为制造强国建言献策

2020年1月10日，上午9点，河南省人民大会堂庄严肃穆，河南省第十三届人民代表大会第三次会议在这里隆重开幕。

这一年，河南省两会再次开启“代表通道”“委员通道”，中信重工一线炼钢工人杨金安作为6位省人大代表之一，在首场“代表通道”中回答记者提问，畅谈履职心声。

会议开始前，杨金安出场了。只见他一身西装笔挺，打着蓝白条纹的领带，胸前佩戴代表证和党员徽章，迈着从容的步伐，自信地走上代表通道。

现场记者纷纷举手，踊跃发问。

河南电视台记者闫腾腾最关心的是制造业如何实现高质量发展。他向杨金安发起提问：大国工匠应该具备哪方面的品质？另外，作为一名有着36年炼钢经验的产业工人，在助推制造业高质量发展上，如何创造出属于我们河南的金牌产品、擦亮中国制造金字招牌？

“长枪短炮”纷纷对准杨金安。杨金安毫不怯场，侃侃而谈。

他说，我是来自洛阳的一名工人代表，是中信重工的一名炼钢工人。我从1984年高中毕业就进入了中信重工，至今已经37年，我认为，要想成为一名好工匠，既要有力量，也要有智慧和技能。当工人就要当好工人，当能干“瓷器活”、能解决“卡脖子”难题的大工匠。总体来说八个字：执着专注、精益求精。

杨金安接着说，目前我省有上千万产业工人，他们是产品质量的缔造者，是“中国品牌”的传承者。拼品牌、拼质量、拼创新，离不开工匠精神。我们有信心，让我们中原高技能产业工人队伍形成一个壮大的“雁阵”格局，让产业技术工人更加有信心把我们的产品做成精品，把我们的品牌做成世界名牌，进一步擦亮中国制造的金字招牌，真正挺起中国制造业发展的脊梁。

为人民代言，为发展献策。作为河南省十三届、十四届人大代表，中国工会十七大代表，洛阳市涧西区十五届、十六届人大代表，一有机会，杨金安总是为制造强国建设建言献策，为高技能人才培养鼓劲呼吁。每年，杨金安都会提交两三个建议或议案。2019 年 3 月，杨金安同时获评涧西区优秀人大代表、河南省优秀人大代表。

技能人才是支撑中国制造、中国创造的重要力量。党的十八大以来，习近平总书记高度重视技能人才工作，多次作出重要论述。指出：“培养更多高素质技术技能人才、能工巧匠、大国工匠。”党的二十大报告提出“深入实施人才强国战略”并将大国工匠、高技能人才纳入国家战略人才力量。

作为在一线摸爬滚打 40 年的工人，杨金安关注得最多的还是高技能人才培养。在两会代表团讨论发言中，在提交的议案和建议中，杨金安张口不离制造强国建设、高技能人才培养。

杨金安在走访调研中发现，河南省劳模工匠和高技能人才资源总量不足，分布不平衡等问题依然存在；制造业技术技能人才培养机制虽有探索，但相应的高技能人才待遇水平、激励保障措施尚不完善；校企合作的有效模式和良性互动机制尚未形成，产教融合激励政策仍有待改进。

对此，杨金安提出三条建议。一是政府牵头每年举办1至2次河南省劳模工匠和高技能人才交流大会，让劳模工匠高技能人才通过交流，相互借鉴学习，推动创新成果

2024年3月26日，杨金安在2024年河南省“劳模工匠进校园”活动启动仪式暨首场宣讲活动上作报告

落地。

二是加大对劳模工匠高技能人才培养、培训的经费支持，打造出更多的河南省劳模工匠高技能人才，成为引领河南省各企业经济发展的头雁方阵。

三是精准分析先进制造业人才需求，调动先进制造业、国有大型企业积极提供学徒岗位。对接先进制造业紧缺人才需求，支持校企探索中国特色学徒制，提供学徒岗位，实施工学交替培养，支持在职职工提升数字技能。

在国家越来越重视技能人才培养的激励下，各地职业技术学院不断涌现。如何合理利用职业技能学院和企业深度融合，培养出更多更好为制造业服务的蓝领技术工人，是当前人才培养模式面临的新问题和新挑战。

杨金安认为，当下制造业存在着诸多问题，比如，人才培养和企业工种精准度不够，所学知识难以和实际工作有效对接，所学非所用，人才培养能力不足；很多小工种没有定点培训和更新教材，培训学校无法为企业提供合格的生源；培训机构与企业融合度不足，生源技能水平不高，不能很好地适应智能化时代企业的需求。

杨金安提交了《关于职业技能学院在智能化时代怎样才能全方位地为工业制造业合理培养出更多的优秀技工的

杨金安参加劳模志愿岗社会活动

大工匠杨金安在河南省十三届人大三次会议首场代表通道发出“中信重工好声音”

提案》，从加强校企合作力度、增强教师队伍建设两方面，给出了自己的思考和建议。

在他看来，加强校企合作力度，精准为企业培养出可以与实际工作和实际操作相结合的定向人才，有利于提高企业的产品质量和生产效率。增强教师队伍建设，全方位和企业深度融合，也可以把企业的大工匠、高技能人才

公司大工匠杨金安参加全国企业班组管理与班组文化建设论坛

聘为老师，增大培训工种宽度，及时更新教材，全方位为装备制造业培养出更多优秀技工，推动中国工业高质量发展。

2022年，中华全国总工会、中共湖南省委、湖南省人民政府共同主办的首届大国工匠论坛，杨金安应邀参会。杨金安提交的论文《发挥工匠人才作用，提升中国制造的核心竞争力》，获得主题征文特等奖。杨金安在论文中指出，随着工匠人才队伍的不断发展壮大和素质的持续提高，需要进一步发挥工匠作用，打好关键核心技术攻坚战，提升中国制造核心竞争力，加快关键核心技术创新能力同国际先进水平接轨。

加快培养更多高素质技术技能人才、能工巧匠和大国工匠，对于加快建设现代化产业体系、增强国家核心竞争力具有重要意义。杨金安的提案和建议，来自深入的调研，来自充分的思考，问题找得准，措施针对性强，往往能引起社会关注和政府重视。一系列关于培养高技能人才的举措陆续推出，技能人才培养、使用、评价、激励制度不断健全，技能人才队伍建设进入“快车道”。

2016年，洛阳市出台《洛阳市“河洛工匠”评选表彰管理办法》，重点在全市的制造业、采掘业、建筑业、传统手工业、新型加工业、交通运输和电力等行业的一线职工和一线技术人员中，每年原则选树 100 名“河洛工匠”、10 名“河洛大工匠”。对获得年度“河洛大工匠”称号的，颁发年度“河洛大工匠”荣誉证书，并一次性奖励 3 万元，给予市级劳模待遇。

同年，河南省启动“十三五”万名大工匠培养选树计划。“十三五”期间，全省将推动企业每年培养选树 2000 名大工匠。在此基础上，将从中公开评选表彰特别优秀的“中原大工匠”。入选“中原大工匠”者，颁发荣誉证书及每人 1 万元奖金，并按程序申报河南省五一劳动奖章。用人单位还将对其工作实际和贡献按月或年度发给一定的津贴补助，进一步培养选树高技能人才，打造“技能豫军”。

2024 年河南省总工会、省人力资源和社会保障厅联合印发《中原大工匠培育工程实施办法》（以下简称《办法》），计划每年遴选 50 名左右“中原大工匠”培育对象，带动各级工会开展工匠培育，形成梯次合理的工匠培育体系。

除了政府层面制度保障，社会层面也在营造尊崇工匠精神的浓厚氛围，厚植培育工匠精神的土壤。

2023 年 8 月，河南省总工会、河南省教育厅联合发文，提出通过5年左右时间，实现“劳模工匠进校园”行动在全省大中小学全贯通、全覆盖。河南各级工会通过设立“劳模大讲堂”、劳模兼职辅导员，为学生讲授“开学第一课”等形式，组织各级各类劳模工匠走进学校，讲述亲身奋斗经历、展示绝活绝技，激励青年学生走技能成才、技能报国之路。同时，运用“云直播”“云课堂”，扩大劳模宣讲的覆盖面，全年覆盖学生200万人次以上，为培养高

杨金安参加全国第二届大国工匠创新交流大会暨大国工匠论坛

杨金安于全国首届大国工匠论坛荣获特等奖

素质劳动大军贡献力量。

2024 年 4 月，为打造“专家型”队伍，洛阳市总工会在全市范围内遴选出有代表性、表达能力强的劳模工匠 46 名，作为市级劳模工匠宣讲团首批宣讲员。杨金安获评首批宣讲员，经常到机关单位、企业一线、学校、邻里（乡里）中心，开展形式多样的线上线下宣讲活动。

2024 年 12 月 9 日，洛阳市工匠学院中信校区揭牌仪式在中信重工大学举行，标志着工匠学院在传承匠心、培育匠才的道路上迈出了坚实的步伐，开启了新的篇章。杨金安被聘为洛阳市工匠学院签约讲师。

作为首批“河南工人大思政课”名师、中华全国总工会劳模工匠宣讲团成员，杨金安还受邀到全国各地作报告。目前作报告不下 100 场。人数最多的一场，主会场和视频分会场参会有 6000 多人。

杨金安用鲜活的事例、朴实的语言和真挚的情感，分享自己成长成才经历，畅谈奋斗故事。引导广大师生传承和弘扬劳模精神、劳动精神、工匠精神，激励更多青年学子自觉以劳模工匠为榜样，树立远大理想、砥砺奋斗精神，争做复兴栋梁、勇当强国先锋，用不平凡的奋斗擦亮劳动底色，托起中国梦想。

一项项激励政策相继推出，一项项创新举措接连发力。尊重劳动、崇尚工匠的社会氛围正在全社会弥漫开来。越来越多的年轻人选择机械制造行业，走上技能成才、技能报国之路。

第十二章 感恩于心报恩于行

烈火丹心，匠心筑梦。40 年来，杨金安从一名普通炼钢工人成长为大国工匠，成就出彩人生。

2019 年 11 月，由全国总工会、中央广播电视总台联合举办的 2019 年“大国工匠年度人物”评选结果揭晓，杨金安从 50 位“大国工匠年度人物”候选人中脱颖而出，成为河南省唯一入选者。

站在“大国工匠年度人物”领奖台上，站在耀眼的舞台中央，杨金安成为全国瞩目的焦点。从焦裕禄同志二女儿焦守云手中接过大国工匠的奖杯，杨金安高高举起奖杯，也将新时代产业工人的荣耀与尊严高高举起。

大国工匠年度人物颁奖典礼结束，不少观众纷纷围拢过来，请求杨金安签名。有位女士没有带本，索性扯起新买的洁白棉袄，让杨金安直接签在衣服上。

2020 年 7 月 31 日，河南“最美职工”评选结果揭晓，杨金安成功入选，颁奖词这样写道：“钢铁是怎样炼成的，你最清楚！三十七年烈焰，炼就了你的火眼金睛；三十七年的坚守，不是谁都经得起这样的锤炼！一炉钢，一路刚，你有钢的意志，更为我们国家炼出了世界一等的钢！”

恰如颁奖词，精练的语言，正是杨金安“精炼”人生的写照。

一路奋斗一路生花，一份匠心一份荣光。杨金安先后获评全国五一劳动奖章、河南省首届“中原大工匠”、全国技术能手等荣誉称号。一时间，报纸上有名，电视里有影，广播里有声，网络上有形，社会上有光。

作为名人的杨金安，俨然成了众人追捧的明星。

一次，杨金安下班回家，顺便在路边水果摊买香蕉。摊主看着他，惊喜地说，这不是大国工匠吗？说什么也不肯收杨金安的钱！

还有一次，杨金安带着小孙子在公园游玩，一位路人走到他身边，主动同他握手，说："我认识你，你是大国工匠。社会需要你这样的大国工匠，需要你这样充满正能量的人，我们为你骄傲！向你学习！"

受到尊重，受到崇敬，每每让杨金安感到劳动者的地位和尊严。但他并没有忘乎所以，飘飘其然，一如既往保持纯粹之心。树高千尺不忘根，人若风光勿忘恩。

杨金安的笔记本上，工工整整写着这样一段箴言：用专注和坚守，创造不可能；只有千锤百炼，才能炼出好钢。倾尽一腔心血，炼就钢铁匠心；用汗水浇灌收获，以实干笃定前行。炼钢就要炼出好钢，做人就要做个好人。炼钢如做人，要不断地在烈火中淬炼，摒弃杂质，达到品质纯粹；做人如炼钢，要经得起热、苦、累的考验和汗水的洗礼，最后超越自我，完成生命的升华。

这是杨金安的真情告白，也是杨金安的执着追求，更是杨金安的不变初心。

其实，杨金安有多次另谋高就的机会，但都被他拒绝了。

20 世纪 90 年代中后期，国有企业陷入大面积亏损境地。资料显示，1997 年，国家重点监测的 14 个工业行业中，纺织、有色、军工、煤炭、建材等5个行业整体亏损；全国31个省区市有12个整体亏损；16874户国有大中型工业企业中亏损的有6599户。到1998年上半年，全国企业的亏损面仍然在40%至45%之间，相当一部分企业“已经被逼到死角”，处于破产倒闭的边缘。

中信重工也不例外，企业曾连续十九个半月发不出工资。杨金安所在的热加工好一些，一个月也只能发五六百

杨金安参加河南最美职工颁奖

块钱。孩子还小，各方面都需要钱，日子过得紧紧巴巴。迫于生计，杨金安只好下班批发卫生纸去卖，每次挣个三五块钱补贴家用。

此时，南方一家企业通过关系找到杨金安，先是多次电话联系，后来直接登门拜访，承诺月薪过万元。这可是杨金安当时近两年的工资收入。杨金安也曾动摇过，经过几天激烈的思想斗争，最终他选择了坚守。他说："我的父辈从厂里退休，我的媳妇在厂里工作，我也在厂里干了十几年，对企业怀有很深的感情。我相信企业会好起来！我愿意与企业共渡难关！"

在中信重工最困难的时候，他选择与企业风雨同舟、患难与共。在个人声名鹊起的光环中，他选择坚守本职、忠于企业。

2016年5月7日，中央电视台品牌栏目《朝闻天下》和《新闻联播》分别在"劳动者之歌"栏目报道了中信重工大工匠杨金安的事迹。早间的《朝闻天下》以《杨金安：火眼金睛　百炼成钢》为题，用时长3分01秒的新闻，全方位真实展现了杨金安工作的方方面面，展现了杨金安作为中信重工大工匠的境界与追求。《新闻联播》则以《杨金安：执着专注　百炼成钢》为题，用时长1分30秒的篇幅进行报道。国家级媒体站台，杨金安再次声名远播，引起国内外的关注。

山东省一家国企的负责人想“挖”杨金安，承诺解决户口、子女教育、安家费用等问题。见杨金安不为所动，春节前夕，该企业负责人专程赶赴洛阳宴请杨金安，苦口婆心游说。

杨金安态度明确，语气坚定：中信重工培养了我，我不能做忘恩负义之人！

与此同时，两家国外公司通过猎头辗转找到杨金安，开出百万元年薪！杨金安一口回绝：绝不可能！语气斩钉截铁，干脆利索。“国家给了我成长的舞台，我所做的一切，都只为突破‘卡脖子’技术，打破国外技术垄断和封锁，怎么可能去帮助他国！”

按照国家政策，热加工属于特殊工种，男性职工 55 岁退休。2022 年 3 月，杨金安到了退休年龄。国内大大小小的企业早已“盯”上了杨金安，纷纷向他抛出橄榄枝。杨金安还是那句话：没有中信重工搭建的平台，没有中信重工的培养，就没有我的成长进步，更谈不上今天的荣耀！人不能忘本，要有感恩之心。我是不会去的！

感恩于心，报恩于行。当公司领导向他发出挽留请求，希望他继续发挥余热为企业作贡献时，杨金安毫不犹豫答应下来！在他看来，这是他发挥余热、回报企业的最好方式。

感恩不止于企业。

大工匠杨金安低调资助贫困学生杨玲钰 6 年多却不为人知的故事，被中信重工官微曝光后，不禁让杨金安原本

杨金安参加河南最美职工颁奖

的“铁粉”更坚定“没粉错对象”。故事的开头缘于一个偶然。

2018年，在一次“伙计们”的小聚上，闲聊中，喝了点儿酒的杨金安无意间向老伙计、铸锻公司通讯员于明，风轻云淡地提了一嘴。说者无意，听者有心。

杨金安无偿资助贫困学生的消息，首先在铸锻公司不胫而走。

杨金安的徒弟及其大工匠工作室的成员都说：“杨师傅从来没和我们任何人提起过。”

杨金安的爱人说：“金安从不让我们说，害怕对人家女孩不好。”

时间回溯到2015年12月份。那天，杨金安与朋友路过新安县南李村镇挂沟村，途经一个小院时，不经意地一瞥，心却一下子被搅乱了，那样的一幅画面，令他无法一闪而过。狭小的院落，破旧的房屋，失修的围墙，落在眼里尽是荒凉，冷冰冰的水缸前，一个瘦弱的小姑娘，扎着一束马尾辫，大约10岁的模样，正用水瓢使劲砸缸内的冰面，准备烧水做饭……

通过邻居，杨金安了解到：女孩叫杨玲钰，正上小学六年级，不爱说话，但很懂事儿，为长辈做家务，学习非常好。但可怜的是，父亲多年前在工地因事故去世，紧接着，母亲精神失常下落不明。目前，其与弟弟及 70 多岁的爷爷奶奶相依为命，经济来源就只有种地，家里生活十分困难。邻居的话让杨金安心酸。

回到家，杨金安一直放心不下，就委托当地朋友联系到新安县南李村镇挂沟村村小学校长，带着杨金安买的油、米、面，来到小女孩杨玲钰家里，进一步了解实情。

就在当晚，杨金安下了决心：我要帮这个女孩，每月资助她 200 元钱。杨金安说："自己可以少抽点烟、少点应酬，但对小女孩来说，这钱意义就大了，也许意味着一家四口人的口粮。"

2017 年，杨金安资助的第二年。这年 4 月份，上初二的杨玲钰期中考试结束，成绩排名在班级前列。杨金安听说后很是欣慰，自己带着慰问品专门到杨玲钰家看望，并勉励和宽慰她专心学习。

这年的"六一"，杨金安邀请杨玲钰到洛阳过了一个不一样的儿童节。虽然杨金安因到省里参加"五一"表彰活动而缺席，但他的爱心和善举却并未缺席。"答应姑娘的事，不能不算数！"杨金安委托朋友们带杨玲钰吃了肯德基，还给她买了两套新衣服。

杨金安被评为 2019 年“大国工匠年度人物”

2019年，杨玲钰以优异的成绩考上了新安县一高。杨金安仿佛听到自家姑娘有出息一般，为她欣慰，为她骄傲。

8月29日，新安县一高开学前，杨金安专门调休了一天，坐上朋友的车，带上新买的书包和500元生活费，赶往新安县一高看望杨玲钰，并特意邀请从村里赶来的杨玲钰奶奶、爷爷、弟弟、村小学校长，一块儿吃了新安县的特色小吃烫面角，共同为她考上重点高中庆祝。

杨金安常常鼓励杨玲钰："知识改变命运，你只有努力学习，才能摆脱贫困，才能走出去看外面的世界，只要你愿意学，我可以资助你到高中甚至大学！"

从2016年到2021年，6年多的时间里，杨金安一共资助了杨玲钰12000多元。直到现在，杨玲钰已经读了大学，杨金安还会经常和她联系，了解她的学习和生活，提供力所能及的帮助。

默默无闻，将一份善良和爱心，持续传递下去，杨金安是"低调"和"含蓄"的。

还有一次，杨金安和弟弟妹妹下班后一块儿去看望老母亲，已经夜里十点多钟了。无意中听妹妹说，过来的路上，看到路边一个卖粉条的，还在等着把最后一捆粉条卖了好早点回家，家里有孩子上学需要用钱，有老人看病也需要用钱。杨金安便找到卖粉条的老人。一捆粉条 12 斤，一斤 8 元。杨金安直接说，啥也不说了，10 块钱一斤，一共 120 块钱。说着把钱给了老人。老人连连道谢，说他真是大好人呢！

杨金安始终不忘作为大国工匠和党员的责任与担当，不仅以匠心匠行展示着“中信重工造”品质，更以真诚、善良和爱心，彰显着一名大国工匠的品质与情怀。正因为有这种正能量，才炼出好质量；正因为好质量，才造出了好产品。

第十二章 家风永传承

杨金安的父亲杨文通于2011年因病去世。音容犹在，精神长存。父亲为人处世的态度一直深深影响着杨金安。

杨金安坦言："做一个光明磊落、堂堂正正的好人！真诚、孝顺、宽容、善良，这是我父辈传下来的，我也要将良好的家风传承下去。"

杨金安从小就开始帮助爸爸妈妈照顾弟弟妹妹。弟弟妹妹上小学、初中，杨金安就给他们洗衣做饭、辅导作业，给他们讲做人的道理，真的是做到了"长兄如父"。

弟弟妹妹参加工作之后，杨金安经常教导他们，要感恩企业，与人为善，不断学习提高技能，为企业发展贡献自己的一份力量。

妹妹杨金梅技校毕业后，进入中信重工齿轮箱厂工作，从事插床加工。在平凡的岗位上兢兢业业、尽职尽责、默默奉献，多次获得分厂先进工作者称号。

大弟杨金伟高中毕业之后参军，部队转业之后进入中信重工，成了一名司机。他退伍不褪色，退役不退志，将雷厉风行、执行有力的军人作风，带入工作岗位，赢得领导和同事的好评。

小弟杨金峰1987年高中毕业通过招工进入中信重工，先在齿轮箱厂从事插工，2009年调入质量保证部从事质检工作。杨金安经常对弟弟说，要发挥操作机床时练就的测量本领，吃透图纸、工艺，不断提高检测技能，尽快适应新的岗位。杨金峰听从兄长的教诲，不因岗位调整而抱怨，不因年龄偏大而放松学习。2023年晋升技师，2024年获聘公司首席员工。

说起大哥杨金安，弟弟妹妹都说，哥哥给他们最大的影响就是，踏踏实实工作，堂堂正正做人，干干净净做事，始终充满正能量，始终给他人带去温暖和力量。

杨金安的母亲身体一直不太好，父亲去世之后又患上了抑郁症。杨金安一心扑在工作上，母亲的日常生活都是由弟弟妹妹照顾。每到周末，兄妹四人都会团聚在一起，陪伴母亲，也享受着温暖的亲情。

2022年，杨金安连任河南省十四届人大代表。得知这一消息，杨金安第一时间给弟弟杨金峰打去电话。他说，国家需要我，企业需要我，组织需要我，我以后可能会更忙，老母亲更没时间照顾，弟弟妹妹们多费心。

杨金安兄弟三人（从左到右：杨金峰、杨金安、杨金伟）

杨金峰说，大哥，你就放心吧！有我、二哥和姐姐呢。

儿子杨龙则认为，虽说父亲陪伴他的时间不多，但父亲身上坚韧不拔、执着专注、勤于钻研、乐观上进的精神品格，一直深深影响着他，激励着他。

杨龙出生于1990年。从记事起，杨龙对父亲的印象就是，整日忙于工作，见不到人影。杨金安每天下班很晚，

全家福

到家基本上都是深夜。这个时候，杨龙已经入睡。早上杨龙起床去上学的时候，父亲已经离开家赶到单位。

杨龙读小学时，遇到写我的爸爸 / 妈妈之类的作文，从没写过父亲。父亲在他心目中的印象是那么遥远、那么模糊，虽同在一间房里居住，却又形同陌路。

2024 年 9 月，杨龙和父亲杨金安一块儿带杨龙儿子到洛阳市涧西实验小学（原矿二小）报到。杨龙当年的班主任老师已升任小学副校长。当杨龙介绍到自己的父亲杨金安时，副校长很是惊讶，大国工匠杨金安是你父亲？读小学时，杨龙由于学习成绩出类拔萃，是学校的名人，老师们都知道，但对其父亲杨金安，老师们则没有任何印象，只记得母亲经常去学校开家长会、接送杨龙。

虽说陪伴不多，但杨金安对儿子依然充满了爱。一有时间，杨金安就会辅导杨龙写作业，送他去辅导班。从小学五年级，杨龙开始参加全国数学奥林匹克竞赛，每次都能拔得头筹。学校每次考试，年级第一非杨龙莫属。家里的墙壁上，贴满了杨龙获得的奖状，柜子里摆满了杨龙获得的奖杯。

2002 年，杨龙小学毕业，该升初中了。由于成绩出色，附近初中纷纷向杨龙抛出橄榄枝。轴二中进行选拔性考试，杨龙被学校推荐参加考试。一直以儿子为骄傲的杨金安，决定请假送杨龙去考场。在儿子人生的关键时刻，杨金安不想缺席。

由于前一天晚上杨金安加班回去晚，太困，第二天起床晚了。一看时间，距离开考不到半个小时了。杨金安匆匆忙忙骑上自行车带着儿子赶到考场。当时天空还下着小雨。

轴二中有两个校区，一个是中州校区，一个是景华校区。杨龙的考场在景华校区。结果，杨金安忙中出乱跑到了中州校区。

发现考场不对之后，杨金安带着儿子杨龙匆匆赶往景华校区。

9点开考，赶到那里，数学已经开考半个小时了。监考老师不让杨龙入场，杨金安好说歹说，又找到学校领导说明情况，监考老师才同意给个机会。看着慌慌张张跑进考场的儿子，杨金安心想，完了，比别人少了半个小时，关键儿子的心情也是紧张慌乱的，肯定要影响发挥。杨金安内心充满了愧疚，一个劲儿自责。

过了三四天，招考成绩在学校张榜公布。杨金安上白班，母亲冯丽娟带着杨龙去查看成绩。公布的成绩分为四档，特等奖 20 人，一等奖 50 人，二等奖 100 人，还有三等奖若干名。

本来想着考砸了，不抱希望，杨龙和母亲就从最后倒着看，先是三等奖，再是二等奖，再是一等奖，始终没看到杨龙的名字。真的考砸了？就在母子二人快要失望时，终于看到了杨龙的名字赫然出现在特等奖中。数学 100 分，同时也是唯一一个附加题全部答对的考生。

当天雨后天晴，天朗气清，杨龙心情格外舒畅，真有“春风得意马蹄疾，一日看尽长安花”的快意。

中午到家，母亲给父亲打电话，告诉他杨龙的考试结果。杨金安不敢相信，一再追问，是真的吗？是真的吗？

下午下班之后，杨金安又特意骑车带着杨龙来到学校，他要亲眼看看成绩榜。看到杨龙的名字果真位列特等奖，杨金安终于露出了笑容，一脸自豪。对现场的其他家长说：这是我儿子杨龙，特等奖！这是我儿子杨龙，特等奖！

当年，杨龙同时被 6 所初中录取。考虑到家庭与学校的距离等问题，杨龙最终去了拖二中。

进入拖二中之后，青春期的杨龙开始叛逆，加上父母疏于管教，其成绩直线下滑。进入拖一高之后，杨龙成绩并没有扭转，高考成绩并不理想。

在报考志愿时，父子发生了激烈的争执。杨金安希望儿子子承父业，学个机械加工或冶炼铸造专业，毕业之后也好进入中信重工。他说：“你学一门手艺多好，你要是搞炼钢，我手把手地全教给你。”

杨龙则对此并不感兴趣，也完全不考虑，他不想重复父亲的生活：“各人有各人的想法，我搞市场营销比较合适，想要自己去努力奋斗。”在他的印象中，父亲总是忙、忙、忙！对国家、对企业一片赤胆忠心，但对家庭、对子女则无暇顾及。

杨金安也就不再说什么，人各有志，只要儿子不走歪门邪道就行。

最后，杨龙考取了三门峡职业技术学院，学的是市场营销专业。

杨金安常常自责，本来儿子是一棵好苗子，却因为自己疏于教育，就这样“毁了”。在很长一段时间，杨金安过不去心中那道坎儿。

2008 年金秋，大学开学，杨金安请假去送杨龙报到。一路上，父子俩大部分时间都是沉默寡言，各自想着心事。回忆起当时的情景，杨龙说，小学时，说起儿子父亲眼中充满了光，现在看到的是失望和无奈。

虽然陪伴时间不多，虽然交流的机会不多，但父亲吃苦耐劳、坚韧不拔、克难攻坚的精神，还是深深影响着杨龙。

为了证明自己，学习之余，杨龙开始摆摊。冬天卖帽子手套，情人节卖玫瑰花，平安夜卖苹果，寒暑假卖三门峡的土特产苹果、大枣、核桃，新生开学时卖生活用品、学习用品，在球场上卖水。赚到人生“第一桶金”之后，杨龙又开始组建团队，扩大业务，开展快递代收代发，承包学校图书室、借阅图书，兼顾售卖学习辅导用书和教材。

大学期间，杨龙不仅没有向家里要一分钱生活费，毕业时还赚了 30 万元。

毕业后，杨龙在涧西大厂附近开了一家商贸公司，经营劳保用品、拖拉机配件等。如今，杨龙已经创办了四家公司，经营工程、商贸、物业等，成为涧西区纳税大户。2021 年，杨龙当选涧西区政协委员。每年“六一”儿童节、教师节、“99 公益日”等，杨龙还会给附近洛阳市涧西区英语学校、洛阳市涧西实验小学捐款助学助教。

杨龙从小在缺少父亲陪伴的环境中长大，自己的儿子出生后，杨龙一有时间就陪伴孩子，他要把自己缺失的父爱加倍补偿给孩子。有时公司正在开会，杨龙一看表，该去接孩子了，会直接走人。开会的人有点蒙，心想：这是哪句话说不对了，惹杨总生这么大气？

时间长了，大家也就明白了，杨总该接孩子了。

杨龙说，之前总觉得学历不重要，步入社会之后，越来越认识到学历的重要性。学历对一个人眼界的提升，见识的提高太重要了。他时常说，一个人可以没有学历，不能没有学识。2022 年，杨龙攻读清华大学总裁班，全面提升自己的能力。现在担任清华大学洛阳校友会副秘书长。

儿媳妇张亚男 2023 年进入中信重工采购部，负责标准件的采购。公公杨金安是大国工匠，给张亚男树立了榜样，无形中也造成了压力。张亚男说，工作中必须细心专注、精益求精，这不仅是工作要求，也是受身边大国工匠的影响，工作上绝不能给公公丢脸。

张亚男每年需要处理 40000 多条采购信息，螺栓螺母、密封圈等 11 个大类，从到货、入库、价格、数量都要建立台账。与供应商沟通，与需求单位沟通，每天要处理不同问题，张亚男每天晚上八点左右才回去。家人有时开玩笑说，有大工匠的影响，“小工匠”也快学成了。

桃李不言，下自成蹊。杨金安的精神品格，良好的家风家教，已经融入下一代人的血脉，生生不息。

后 记

大国工匠杨金安的传记终于要交稿了，我长长舒了口气。回想几个月来的采访写作经历，真的百感交集、感慨万千。

作为企业的一名宣传工作者，我在日常采访报道中对大国工匠杨金安的事迹耳熟能详，对他的奋斗历程、人生追求和精神品格崇敬有加。热爱文学的我也一直有个梦想，为大国工匠树碑立传，用文学的方式把杨金安的故事讲好讲出去，把劳模工匠精神传承弘扬开去。

本以为，写杨金安的传记并不是太难的事，毕竟之前写过杨金安的报告文学，毕竟我在企业宣传部门工作，采访、收集资料都是近水楼台。但真正采访写作起来，却并不轻松。

首先是杨金安的奋斗故事。虽然在企业，但是我对炼钢的专业知识毕竟了解不多，炼钢的流程、炼钢炉的工作原理、化学成分的控制，遇到专业术语，杨金安给我讲述之后，弄不清楚的我还要反复追问，希望自己先弄清楚，然后才能写明白。杨金安每次都不厌其烦、耐心讲解，带着我到炼钢炉前开展“现场教学”。对于记不准的时间和有些事件的细节，杨金安当即打电话和翻阅资料核实。初稿出来后，我和杨金安一起反复打磨，核对事实，丰富细节，从篇章结构到语言文字不断优化提升。就像杨金安炼钢一样，经过初炼、精炼不同的阶段，直至炼出高品质的钢种。

其次就是写作时间。2024 年 11 月接受写作任务，按照出版社要求 2025 年 2 月中旬，也就是春节正月十五前后提交初稿。每年年终岁初，都是公司最忙的时候。各种总结、考核、表彰、会议交织在一块儿。工作日忙于单位事务，采访基本上放在周末进行。白天没有闲暇时间写作，只能放在晚上，常常是晚上九十点钟之后写一会儿。每天写一部分，修修改改。只有春节假期期间，我在家中“闭关”，集中精力进行修改。整个写作始终在断断续续、磕磕绊绊中进行。因为心怀热爱，因为使命在身，即使再忙，即使再累，即使再晚，采访写作的过程我都保持着激情、保持着亢奋，享受着其中的乐趣。我知道，这不是满足个人著书立说，而是为大国工匠树碑立传。

写作中，我一直在思考，一个工人可以达到怎样的人生高度？一个企业何以工匠辈出？大工匠何以成为大工匠？为什么是他？如何讲好劳模工匠故事？我在不停地思索、不停地追问。

深入采访写作的过程，本身就是一次与工匠精神的对话，本身就是一次对自身心灵的熏陶，本身就是一次灵魂的洗礼。杨金安所拥有的匠心匠情匠魂是一脉相承的，所担负的建功制造强国初心使命是矢志不渝的。有奉献企业的赤诚热爱，有精益求精的品质追求，有创造卓越的职业担当，有一丝不苟的严谨作风。大国工匠杨金安，一辈子只为炼好钢。即使在企业最困难的时候，即使面对外企百万年薪的诱惑，他依然坚守岗位，默默奉献，克难攻坚，杨金安用坚韧和奋斗生动诠释了“伟大出自平凡、英雄来自人民”的深刻内涵，用不懈追求和无私奉献谱写出一曲曲响亮的劳动者之歌。

写作中，我试图跳出主人公本身，将他放在民族复兴、制造强国的背景下，放在大企业、大工业的平台上，将个人奋斗与企业发展、国家命运紧密相连，写出大国工匠的胸怀、气度与追求。虽力有不逮，但我在朝这个方向努力。为此，我翻阅了50多本企业内刊《中信重工新闻》

合订本，以及厂史厂志，在史海钩沉中探寻杨金安与企业同行、与时代共进的纽带。

礼赞劳动创造，讴歌劳模精神、劳动精神、工匠精神。中华民族伟大复兴的梦想催人奋进，制造强国的脚步正坚定向前，大国工匠的故事还在继续。

2025年4月28日，北京人民大会堂灯火璀璨，杨金安作为新任全国劳动模范出席庆祝中华全国总工会成立100周年暨全国劳动模范和先进工作者表彰大会，接过沉甸甸的荣誉，成为中信重工七十载发展历程中第十位获此殊荣的劳动者，为企业荣光再添浓墨重彩的一笔。

一个月后的5月27日，中华全国总工会职工之家报告厅内，首期大国工匠人才培训营结业仪式如期举行。杨金安凭借扎实的学习成果，圆满完成线上线下全课程学习。其研究课题《高品质核电钢锭冶炼浇铸技术研究》通过答辩，顺利结业。培训期间，杨金安坚持学以致用，将前沿理论融入生产实践。在广西白龙核电1#、2#项目中，主导完成10支95—116吨钢锭的冶炼浇铸，探伤全合格、性能均达标，为稳压器制造筑牢根基；面对山东莱阳核电堆芯补水箱项目162—360吨超大锭型生产难题，他带领创新团队精准策划、攻克难关，10支钢锭均达预期效果，为三代核电装备自主国产化按下“加速键”。

时光流转至7月17日，全国总工会大国工匠人才培育工程调研组走进中信重工。全国总工会劳动和经济工作部原副部长姜文良，清华大学继续教育学院党委委员、政府和企业学习中心主任张忠义，及河南省总工会、洛阳市总工会相关领导齐聚一堂，与30余位河南工匠代表共话新时代大国工匠培育之路。

杨金安在座谈中畅谈成长感悟：成为大国工匠培育对象以来，不仅收获了专业技能的精进，更实现了创新思维与实践能力的跃升。他郑重表态，未来将持续把所学融入企业发展，以“快出成果、多出成果、多出好成果”回馈培养，更要发挥“传帮带”作用，用心浇灌工匠人才成长沃土，培养更多的工匠人才、大国工匠，为中国制造业的高质量发展培育更多中坚力量。

而我也将继续用心用情用力讲好新时代产业工人故事，用文学的方式为制造强国建设贡献绵薄之力。我会继续关注他们，怀着虔诚的态度去采访写作，再现劳模工匠的奋斗足迹、成长历程，力求展现新时代产业工人的时代风貌，为他们摇旗呐喊、鼓劲加油。我也希望更多的人聆听到产业工人的时代强音，更多的青年职工看到劳模工匠就在身边，他们的精神可信可学，从而坚定走好技能成才、技能报国之路的信心。

感谢公司搭建的平台。大工业造就大工匠。正是因为有了中国制造业大发展的时代机遇，产业工人才有了施展才华的可能。正是因为有了中信重工这个大国重器的舞台，杨金安才有了从学徒工成长为大国工匠的蜕变。正是因为有了杨金安大国工匠的精彩故事，我才有了寄托文学梦想的依托。

感谢中国工人出版社在采访、写作、修改期间给予的悉心指导。从立意选材、谋篇布局、语言文字、人物形象塑造等方面，出版社提出许多中肯的意见和建议，为本书增色不少，让我受益匪浅。

感谢本书写作过程中给予帮助和指导的各位领导、同事、朋友们，还有接受过采访的杨金安的家人、工友们。正是你们的无私帮助，采访写作才得以顺利进行，让我从不同的侧面观察杨金安的多面人生，为读者描绘出一个有情有义、有血有肉的大国工匠形象。

由于个人能力有限，加之时间仓促，本书难免存在瑕疵和不足，欢迎各位读者批评指正。

薛伟堂

2025 年 7 月